[Author] 柚本悠斗
[Illust.] magako
[キャラクター原案] あさぎ屋
7
クラスの
ャルを
お持
帰りして
清楚系美人にしてやった話
Class no botti GAL wo
omotikaeri shite
seisokei-bijin ni siteyatta
hanashi

[そうとめ あおい]
五月女 葵

「晃君、触ってみて」

葵さんは自分の腕を差し出した。

ゆっくりと瞳を閉じて心の中で願い事を思い浮かべる。
俺の願いは志望大学への合格と、もう一つ。

［あかもり あきら］
明護 晃

お互いに差し伸べ合って手を握る。

「これからも末永く
よろしくお願いします」

GA文庫

クラスのぼっちギャルを
お持ち帰りして
清楚系美人にしてやった話７

柚本悠斗

GA文庫

カバー・口絵・本文イラスト
magako

キャラクターデザイン
あさぎ屋

Prologue プロローグ

高校二年の秋、葵(あおい)さんと修学旅行を共に過ごしてから五ヶ月後――。

時の流れは早いもので、気づけば高校三年になり受験シーズンが到来。

そんな中、俺(おれ)と葵さんは修学旅行が終わった直後から受験勉強を始めた。

俺は年が明ける前の十二月から予備校に通い始め勉強に明け暮れる日々を過ごし、葵さんはアルバイト先の喫茶店を辞めて空いた時間で勉強に打ち込む毎日を過ごしている。

受験対策は早いに越したことはないとはいえ、俺と葵さんは難関大学を目指しているわけじゃない。修学旅行直後に勉強を本格化させるのは少し気が早いと思う人もいるだろう。

事実、運動部の生徒は三年の引退後から勉強に力を入れ始めるわけだし。

確かにその通り、俺も自分のペースで無理なく始めるつもりだった。

それでも早く始めたのには二つの理由がある。

一つは葵さんと一緒に都内の大学に進学し、また一緒に暮らす約束を果たすため。

修学旅行の後、うちに遊びに来た葵さんが別れ際に見せた涙――もう二度と葵さんに悲し

い顔をさせないために、俺は大学に合格したら一緒に暮らそうと約束した。

その約束だけで、どれだけ苦しくても受験勉強を頑張れる。

こんなことを言ったら笑われるだろうけど、愛の力は思いのほか偉大らしい。

今までドラマや漫画でそんな台詞を聞いたら鼻で笑っていたが、いざ自分の事となると身に染みて理解できるんだから、我ながら都合がよすぎるだろうと突っ込みたくもなる。

そんなわけで、俺だけ落ちて浪人生なんてわけにはいかず早々に開始した。

もう一つは来月の五月五日、葵さんの誕生日に二人で旅行に行くため。

去年は葵さんの誕生日を知らなかったため、お祝いをすることができなかった。

修学旅行の後、俺の誕生日にペアリングをプレゼントしあったとはいえ半年も遅くなってしまったから、今年はなんとしても誕生日当日にお祝いしてあげたい。

そこで葵さんと相談し、誕生日に二泊三日の旅行を計画した。

とはいえ、受験勉強もせずに旅行に行きたいなんて両親に相談したら、なにを言われるかわからない。だからこそ『息抜き』という口実を作るために早くから受験勉強を開始。

確実にＯＫをもらうためクリスマスに会うのも我慢して勉強していた。

その甲斐あって、両親からはすでに了解を得られている。

そんなわけで、初めての二人きりでのお泊まり旅行。
俺も葵さんもあえて言葉にせずともなにかを期待している。
お互いにとって一生忘れられない思い出になる予感がしていた。

第一話　旅行先は秘境の一軒宿

新年度が始まった直後——。

高校三年生になった、ある日の夜。

「う～ん……」

俺は受験勉強の休憩中、自室でスマホを片手に頭を悩ませていた。

理由は勉強の進捗がよくないとか、解けない問題があるからとかではなく、来月に控えた葵さんの誕生日旅行の行き先が一ヶ月前にも拘わらず決まっていないから。

「旅行先を決めるのに、ここまで悩むとは思わなかったな……」

正直、時期的にかなり遅いのはわかっている。

行き先によっては手遅れな気もするから危機感しかない。

いや……もちろん早い段階からあちこち調べてはいたんだよ。

ウェブで旅館を調べたり、書店で旅行のガイドブックを買って読んでみたり。

二人きりでの初めてのお泊まり旅行と思うと、どこに行けばいいのかはもちろん、どんなホテルや旅館を取ればいいのかわからず悩んでいるうちに時間だけが過ぎてしまった。

結果、誕生日の一ヶ月前になっても決まらずに慌てる始末。

初めてとはいえ我ながら段取りが悪すぎて頭を抱えていた。

それなら『葵さんに相談すればいいのに』と言われてしまいそう。

それはごもっともなんだが、実は調子に乗って『俺が素敵な旅行先を決めて予約もしておくから楽しみにしておいて！』と格好をつけた手前、今さら『やっぱり一緒に行き先を決めてもらえないかな……？』なんて相談、さすがにダサすぎてできるはずがない。

思わず椅子（いす）の背もたれに深く寄り掛かりながら天を仰（あお）ぐ。

「となると、やっぱり頼れる奴（やつ）は一人だよな……」

この手のことを相談するのに最適な友達が一人いる。

机の上の置き時計に目を向けると二十一時を少し過ぎたところ。

「まだ起きてるよな……？」

この時間なら迷惑にならないと思い『相談したいことがあるんだけど』とメッセージを送ると、スマホを机に置くよりも早くメッセージがきた——と思ったら通話の着信？

驚きながら慌てて出てスマホを耳に当てる。

『もしも〜し♪』

すると聞きなれた元気な声が聞こえてきた。

「まさか通話してくるとは思わなかったから驚いたよ」

『相談事はメッセージでするより話した方が早いと思って』

「確かにそうだな。俺としてはありがたいけど、時間大丈夫なのか？」

『うん。お風呂上がりにアイスを食べながらのんびりしてたところだから』

「それならよかった」

そんなわけで、連絡したのは食欲と行動力なら右に出る奴はいない浅宮泉。

これまで俺たちが遊びに行ったり出かけたりした時は、ほとんど泉が計画してくれていたから、旅行先の相談をするなら泉以上に適した相手はいないと思った。

『それで、どうしたの？』

「実はさ、葵さんの誕生日に旅行する予定なんだ」

『うん。葵さんから聞いてるよ』

それなら話が早い。

「去年は誕生日当日にお祝いしてあげられなかったから、今年はなんとしても思い出に残る誕生日にしてあげたいんだ。でも、どこに連れて行ってあげればいいか迷っててさ」

『ふむふむ』

「泉は俺の卒業旅行の時も山奥の温泉地を提案してくれたし、よく瑛士と二人で旅行もしてるから、カップルにお勧めの旅行先を色々と知っているんじゃないかと思ってさ」

『なるほど。それで連絡してきたってわけね』

「ああ。こんな夜中に悪いと思ったんだけどさ」

説明を終えると、泉は安心した様子で声を漏らす。

『いきなり相談したいことがあるって言うから深刻な話かと思ったよ』

「俺にとってはそこそこ深刻な話なんだが……驚かせて悪かったな」

『気にしないで。そんな相談ならいつでもウエルカムだから♪』

「そう言ってもらえると助かる」

『実は葵さんから『まだ行き先を教えてもらってない』って聞いて心配してたんだよね。さすがに一ヶ月前だし、もう少し待って話がなければ、私からこっそり晃君に探りを入れてみようと思ってたところだったの。ある意味、ちょうどよかったかもね』

「本当、察しがよくて助かるよ……」

今だけは泉の面倒見の良さが心からありがたい。

いつも近所の世話焼きおばちゃんとか思ってすまん。

『でも、そっか～。いよいよ二年前にあげたアレの出番か～』

心の中で謝罪していると、いきなり妙なことを言い出した。

「……なんの話だ？」

聞くまでもないんだが、とりあえずすっとぼけてみる。

『一年生の一学期、晃君の家で葵さんのために開いた勉強会の帰りにプレゼントした物のことに決まってるでしょ。まだ出番がないどころか、封も開けてないって聞いてるよ～♪』

とぼけてみたものの、とぼけようもなくアレのことだった。

具体的に言うならカップルが致す時に使うゴム製品。

ていうか。

「……なんで使ってないってわかるんだよ」

『葵さんからまだだって聞いてるから』

「――葵さん⁉」

ちょっと待って！

葵さん、そんなことまで泉に話してるの⁉

いや、女の子同士でもその手の話はすると聞くし、むしろ女の子同士は男同士よりも赤裸々というか生々しいというか、踏み込んで話すらしいからありえないことじゃない。

それだけ葵さんと泉の仲がいい証拠と思えば喜ばしいことですらある。

だとしても、なんで封も開けてないってことまで知っているんだ？

「別に……今回の旅行で使うとは限らないだろ」

ささいな疑問はさておき、さすがに気まずくてそう言い返すと。

『えっ――⁉』

スマホを耳から離したくなるほど大きな声を上げられた。

『恋人同士が二人きりでお泊まり旅行に行くのにしないなんてことあるの？』

「うぐっ……」

『ていうか、そのためにお誕生日に旅行を計画したんでしょ？』

「うぐぐっ……」

泉は『信じられない』とでも言わんばかりに言葉を続ける。

大正解すぎて言い返せず、何度も喉から変な音が漏れてしまう俺。

「いや、まぁ……全く期待してないわけじゃないが、誕生日のお祝いが一番だよ。泉が期待するようなことがあってもなくても、俺は葵さんと一緒に過ごせるだけで嬉しいからさ」

期待しているのは嘘じゃないが、そう思っているのも嘘じゃない。

『本気で言ってる～？』

それでもからかうような感じで問い詰めてくる泉。

どうか思春期男子の心情を察してこの辺りで許して欲しい。

『葵さんも大変だなぁ……』

「……どういう意味だよ」

『一緒に過ごせるだけでいいと思ってるのは晃君だけかもね』

泉は意味ありげに『別にいいけど～』と口にする。

少し呆れの混ざった溜め息が聞こえた気がした。

『話が逸れちゃったから本題に戻そっか』

「ああ。よろしく頼むよ」

親友の彼女とその手の話を続けるのは結構気まずい。

泉なりの愛のあるいじりだろうけど、そろそろ勘弁してもらおう。

『それで、どんなところがいいとか希望はあるの？』

「葵さんとは温泉地がいいねって話してる。四人で何度か温泉に行って以来、葵さんも温泉が好きになったらしくてさ、地元の日帰り温泉施設にもよく足を運んでるんだって」

『ふむふむ』

「あと葵さんのリクエストで、新緑の季節だから自然が豊かな場所だと嬉しいって。受験勉強の息抜きも兼ねた旅行だから、のんびり過ごせるところだといいかもしれないな」

『ふむふむふむ』

「あとは……やっぱり雰囲気のいい宿がいいな」

『……温泉地で、自然が豊かで、雰囲気のある宿ね』

泉は記憶を探るように『ふむふむ』言いながら考え込む。

それしか言っていないのはアイスを食べながら聞いているからだろう。

しばらくすると、泉はアイスを食べ終えたらしく。

『それなら観光地じゃない温泉地がいいかもね』

「観光地じゃない温泉地？」

いまいちピンとこないことを口にした。

『これは私の考え方なんだけどね』

俺に全くイメージが湧いていないと気づいたんだろう。

泉はそう前置きをすると、とても丁寧に説明を始める。

『温泉地は二つのパターンがあると思ってるの。一つは観光地の温泉地、もう一つは観光地じゃない温泉地。前者は温泉地そのものが観光地になっていて、飲食店や温泉宿が密集していて温泉街として栄えてる場所。例えば草津温泉なんかはわかりやすい感じかな』

草津温泉は家族で一度行ったことがあるから知っている。

温泉街のど真ん中に源泉が湧き出ている湯畑があり、そこを中心に飲食店やお土産屋、温泉宿が軒を連ね、草津の街そのものが大きな観光スポットになっている。

繁忙期だったせいか人が多くて観光するのも大変だったが、温泉だけではなく街の雰囲気や食べ歩きを楽しむのなら、観光地の温泉地は適していると言えるだろう。

『後者は具体的に温泉地をあげるのは難しいけど、一言で言うなら温泉しかない場所。秘湯の宿とか一軒宿とか言われる温泉だね。周りは山に囲まれていて宿以外はなにもないからのんびりできる、逆に言うなら『なにもないがある』温泉ってところかな』

「なにもないがある温泉か……」

なるほど、言い得て妙な魅力的なフレーズだがわかりやすい。

たまにテレビ番組で特集されているのを見かけるよな。

『場所によってはスマホの電波も届かなかったりするからね』

「少し不便な気もするが、のんびりするならそれもありだよな」

『うん。大自然の中でデジタルデトックスするならもってこいだよね』

科学技術が発達し、便利な物が溢れ、スマホ一つでなんでもできる現代社会において『なにもない』というのは、ある意味とても贅沢なことなのかもしれない。

一概に温泉地といっても色々あるんだな。

「葵さんのリクエスト的には後者かな」

『私もそうだと思う。となると、そうだな……』

今度は『うんうん』唸りながら考え込む泉。

『だったらあそこがいいかも！』

しばらくすると閃いた感じで声を上げた。

『ずっと前から目を付けていた山奥の一軒宿なんだけど、瑛士君といつか行こうねって話してた場所なの。葵さんの希望にぴったりだし、きっと気に入ってくれると思うな』

通話中にも拘わらずスマホからメッセージの通知音が響く。

耳から離して画面を確認すると、泉からのメッセージだった。

『宿のホームページのＵＲＬを送ったから見てみて』

「ああ。ちょっと待ってくれ」

イヤホンマイクに切り替えて通話しながらスマホの画面を操作する。

メッセージアプリを開いて送られてきたＵＲＬをクリックすると、トップページに表示されたのは、大自然の中にひっそりと佇む隠れ家的な宿と露天風呂の画像。

画面をスクロールすると『関東屈指の秘湯』という文字が目に留まる。

さらに読み進めると『源泉かけ流し』や『露天風呂付客室』といった魅力的な単語の他、四季折々の自然風景や満天の星々、美味しそうな郷土料理の写真が表示されていた。

中でも一番目に留まったのは大露天風呂が『混浴』と書かれている点。

貸し切り以外で混浴なんて今時珍しいが、これなら葵さんと一緒に入れるかも！

なんて喜びかけたが、彼女の裸やタオル一枚の姿を他の宿泊客に見られるのは彼氏として抵抗があるし、葵さん自身も見られることを嫌がるだろう。

「う〜ん……」

『あれ？　気に入らなかった？』

「あ、いや。すごくいいと思う！」

混浴の件で悩ましく思っていたら勘違いさせてしまったらしい。

慌てて『教えてくれてありがとう』と感謝の言葉を伝えて誤解を解く。

俺がどう思うかはともかく、葵さんが混浴に抵抗があるようなら女性専用の露天風呂もあるらしいから、そこに入ってもらえば大丈夫だろう。

『なかなかいい感じじゃない？』

「なかなかどころかすごくいいと思う」

『瑛士君とは冬に行ったら雪見露天風呂で素敵だろうねって話してたんだ』

「確かに、新緑の季節もいいけど冬も風情があっていいかもしれないな」

どちらにしても季節を問わず、街の喧騒を離れて過ごす時間はリラックスできるだろうし、受験勉強で疲れた頭と身体をリフレッシュするにはもってこいの場所だと思う。

「前に俺の卒業旅行で行った温泉地よりも山奥な感じか？」

『うん。もっと山奥でアクセスが大変なくらい』

「そうなのか？」

『なにしろ車では途中までしか行けなくて、最寄りの駐車場から徒歩か送迎バスで行くしかないの。山奥の国立公園の中にある宿だから、マイカー規制で自家用車の乗り入れが禁止らしくてね。そんな場所だから、宿の近く以外はスマホの電波も入らないの』

「へぇ……まさに秘湯って感じなんだな」

『関東屈指の秘湯って呼び名に恥じない宿だよ』

アクセスは大変だとしても、それ以上に期待せずにはいられない。

まさにデジタルデトックスに最適な場所だろう。

「今後のために聞いておきたいんだが、こういう宿ってどうやって見つけるんだ？」

『そんなに難しいことじゃないよ。ウェブで調べたり、宿泊アプリで条件付けて検索したり。私も瑛士君もお出かけが好きだから暇さえあれば調べてるのもあるけどね』

なるほど、やはり地道な検索と情報のストックか。

葵さんとは今後も旅行するし参考にさせてもらおう。

『あとは部屋が空いてるかだけど……』

不意に泉が静かになり待っていると。

『今調べた感じだと大丈夫そうだよ』

「本当か？」

すると今度は宿の宿泊予約ページのＵＲＬが送られてきた。

『でも、急いで予約した方がいいかもしれない。ゴールデンウィークはどこも混むから、今のタイミングで部屋が空いてるのって奇跡だと思う。キャンセルが出たのかもね』

改めて置き時計に目を向けると、もうすぐ二十二時になるところ。

この時間なら、まだ葵さんも通話に出てくれるかもしれない。

「わかった。すぐ葵さんに相談してみるよ」

『うん。そうした方がいいと思う』

「ありがとう。じゃあ――」

お礼を言って通話を切ろうとした時だった。

『あ、ちょっと待って！』

泉が妙に慌てた様子で待ったをかけてきた。

『実はね、わたしと瑛士君も葵さんの誕生日のお祝いをしようと思ってるの。どうしようか相談してたんだけど、せっかく晃君もこっちに来るんだし、よかったら二人が旅行から帰ってくる六日の午後に四人でお祝いしない？』

なるほど、それはいい案だと思う。

「葵さんも喜ぶと思うし、俺も二人に会いたいし、そうしようか」

『場所はいつもの喫茶店でいいよね』

「ああ。いいと思う」

『葵さんと店長には私から伝えておくから』

「よろしく頼むよ」

『じゃあ、今日のところはこの辺で』

「急な話だったのに相談に乗ってくれてありがとうな」

『気にしないで。帰ってきたら報告、楽しみにしてるから♪』

……報告？

「ちなみに、それはどっちの――」

『じゃあね～♪』

泉は含みを持たせた感じで言うと、俺の話を聞く間もなく通話を切った。

泉の言う報告というのは秘湯の宿の感想か、それとも葵さんとの情事についてか。

まぁ……あの感じから察するに疑うべくもなく後者なのは言うまでもない。

「……それって言わなきゃダメなやつ？」

俺が言わなくても葵さんにも聞くだろ。

「とりあえず、その話は置いといて――」

急いで葵さんに電話を掛ける。

出なかったら折り返し貰えるようにメッセージを送っておけばいい。

そんなことを考えながら掛けると、呼び出し音が数コール鳴った後。

『――晃君？』

聞きなれた穏やかな声が耳をくすぐった。

「いきなり連絡してごめん。今、少し大丈夫？」

『うん。ちょうどお風呂から上がったところだから大丈夫』

「お風呂上がり……」

思わず葵さんの入浴シーンを想像してしまったのは、先ほど泉にからかわれたせいと、宿の大露天風呂が『混浴』という情報を目にして一緒に入る妄想をしていたからだろう。

俺だって健全に不健全な男子高校生、そんな話をすれば意識してしまう。

彼女にお風呂上がりなんて言われて想像しない方が無理な話だろ？

『晃君、どうかした？』

「ああ、いや。なんでもないよ！」

『そう？　それならいいけど』

妄想が捗りそうになり慌てて誤魔化す。

『なにか急ぎのお話だった？』

「誕生日の旅行先、いいところが見つかったんだ」

『本当――!?』

スマホ越しに葵さんの声がワントーン上がる。

「見つかったって言っても、泉に相談してお勧めの宿を教えてもらったんだけどさ。きっと葵さんも気に入ると思う。メッセージで宿のＵＲＬを送るから、ちょっと待ってて」

俺は通話しながら葵さんへホームページのＵＲＬを送る。

『……すごくいい雰囲気のお宿だね！』

葵さんも気に入ってくれたらしい。

「山奥にある秘湯の一軒宿らしくてさ――」

安堵に胸を撫で下ろしながら、泉から聞いた話を伝えていると。

『あ……』

不意に葵さんが気まずそうに声を漏らした。

「どうかした？」

『ここの露天風呂、混浴なんだね……』

「あ、いや——確かに混浴なんだけど、もし嫌なら一緒に入らなくても大丈夫。内湯だけで済ませてもいいし、もしくは女性専用の露天風呂もあるらしいから、葵さんだけでそこに入ってもらってもいいからさ！」

下心を悟られまいと咄嗟に思ってもいないことを口にする。

本当は心の底から一緒に入りたいけど言えるはずもない。

すると——。

『ううん……嫌じゃないよ』

「え……？」

まさかの返事に耳を疑った。

「そ、それって……一緒でもいいってこと？」

『うん……大丈夫』

「『…………』」

スマホ越しに無言の時間が流れる。

……マジですか⁉

「じゃあ……ここの宿を予約するけどいいかな？」

『うん。お願い』

「わかった。この後すぐ予約しておくよ」

『ありがとう。お誕生日、楽しみにしてるね』

その後、俺たちは短い時間だけど他愛もない会話を楽しんだ。

もちろん気持ち的にはもっと話していたいと思うものの、俺たちは受験生。

ゴールデンウィークに二泊三日の誕生日旅行に行くためにも勉強を疎(おろそ)かにするわけにはいかず、ほどほどに会話を楽しんだ後、お互いに頑張ろうと言葉を掛け合って通話は終了。

電話を切り、さっそくウェブで宿の予約を済ませた後。

喜びのあまり天を仰いでガッツポーズ！

「いや、混浴ＯＫを喜んでいる場合じゃない」

もちろん嬉しいけど手放しで喜ぶには少し早い。

まだ欠かすことができない大切な準備が残っている。

今さらなんの準備かなんて隠すつもりはなく、泉から貰ったアレの準備。

「どこにしまったんだっけな……」

記憶を探りながら部屋の中を探してみたが見当たらない。

たぶん前の家に住んでいた時と同じだろうと思いクローゼットを漁り始める俺。

ていうか、貰ってから二年くらい経つけど使用期限とかあるんだっけ？

そんな心配をしながら探すこと三十分。

「……ない」

クローゼットの中を全部ひっくり返してみたが見当たらなかった。

「おかしいな……」

一度冷静になり、改めて当時の記憶を思い返してみる。

引っ越しの際に段ボールに入れて持ってきたのは絶対に間違いない。

前の家で段ボールに入れた記憶も、この部屋で段ボールを開封した時にも見かけた覚えはある。だけど、どこにしまったかの記憶だけが抜け落ちている。

一年も前のことだから思い出そうにも思い出せない。

「やばい気がする……」

別に無ければ無いで買えばいいだけの話だが、問題はそこじゃない。

もし見つからなければ家族の誰かに発見される恐れがあるわけで、そうなれば彼女がいるのを家族全員が知っているとはいえ、さすがに気まずいことこの上ない。

まさか、すでに家族の誰かに発見されて処分されているとか？

思春期男子にとって隠しておいた年齢制限雑誌を家族に発見されるのは笑い話の一つで済まされるが、さすがにゴム製品を発見されるのは生々しくて洒落にならない。

背中に冷や汗をかきながら探し続けていると。

「晃――」

「ひぃぃ！」

不意に声を掛けられて驚きのあまり悲鳴を上げる。

振り返ると、そこには俺の悲鳴にも顔色一つ変えない日和（ひより）の姿があった。

本当は驚いているのかもしれないがポーカーフェイスで感情が見て取れない。

「お母さんが早くお風呂に入りなさいって」

「あ、ああ……わかった。ありがとう」

「……なにしてるの？」

日和は部屋の惨状を見渡しながら不思議そうに首を傾げる。

「いや、ちょっと探し物をしててさ」

「探し物？」

さすがになにを探しているかは言えない。

「大切な物？」

「大切っちゃ大切かなぁ……なんて」

「わかった。私も探すのを手伝ってあげる」

「いや、大丈夫。気持ちだけ受け取っておくよ！」

言葉を濁して苦笑いを浮かべる俺を日和がじっと見つめる。

あまりにも気まずくて目を逸らすと、日和は俺の視線の先に回り込む。さらに明後日の方向に顔を向けると、追いかけるように回り込んで俺の顔を覗（のぞ）き込んだ。

「「…………」」

そんなやり取りを繰り返すこと数回、日和はなにかを察した様子で部屋を後にする。

すぐに部屋に戻ってきた日和が手にしていた物を見て、驚きのあまり絶句してしまった。

「晃の探し物ってこれでしょ？」

日和が差し出したのはまさかのアイテム。

今まさに探していた未開封のゴム製品だった。

「な、なんで日和がそれを……？」

受け取りながら疑問の言葉が口から零れる。

「晃が引っ越してきて荷解（にほど）きしてた時、段ボールを片付けていたら部屋の隅に転がっていたのを見つけたの。お父さんやお母さんに見つかるとまずいと思って預かっておいたんだけど、すっかり返すのを忘れてた」

日和は気まずさに震える俺とは対照的に無表情。

内心なにを考えているかわからないから余計に気まずい。

「あ、ありがとう……でも、どうしてこれを探してるってわかったんだ？」

「前のお家に住んでた時もクローゼットに隠してたし、葵さんの誕生日に旅行をするって聞いてたし、このタイミングで気まずそうに探してる物なら、たぶんこれだろうなって」

日和の察しがいいのは今に始まったことじゃない。

とはいえ、さすがによすぎて少し怖い……。

「晃、応援してる。頑張ってね」

「あ、ありがとう……」

「帰ってきたら報告、楽しみにしてる」

日和は胸の前で小さくガッツポーズをしてから部屋を後にした。

やはり表情から感情のようなものは見て取れず、日和がどういうつもりで応援してくれているのかはわからないが、妹にその手の応援をされる兄の気まずさったらありゃしない。

それから数日、恥ずかしくて日和の顔を直視できなかった。

まぁ両親に見つかるより妹の方がまだまし……ましか？

ちなみに、あとから知ったこと。

泉が例のゴム製品が未開封だと知っていたのは日和からの情報提供だった。

一年も一緒に暮らし、その後、恋人として付き合い始めて七ヶ月も経つのに、未使用どころか手元にないことに気づきもしないなんてと二人で心配していたらしい。

友達も妹も、俺と葵さんの情事に興味がありすぎるだろ。

旅行から帰ってきたら根掘り葉掘り聞かれると思うと頭が痛かった。

第二話 ✿ 誕生日プレゼント

翌週の週末、土曜日の午後——。

俺（おれ）は市内で唯一のショッピングモールに足を運んでいた。

ここは修学旅行の後、葵（あおい）さんと二人でペアリングを買いに来た場所。

家から車で二十分くらいの場所にあり、葵さんと来た時は母さんに車で送ってもらったんだが、今日は用事があって送迎はしてもらえないためバスに揺られてやってきた。

「少し早く着きすぎたかな」

バスから降りてスマホで時間を確認すると十三時四十分。

約束の時間は十四時だが、バスの運行時間の関係で早めに着いてしまった。

とりあえずモール内の喫茶店で時間を潰（つぶ）そうと歩き始めた直後だった。

「晃（あきら）君——！」

自分の名前を呼ぶ声が聞こえて視線を向ける。

すると、モールの入り口に一人の女の子の姿があった。

髪を小さく揺らしながら手を振る彼女に近づきながら声を掛ける。

「約束の時間にはまだ早いのに」

「晃君こそ」

そう言って笑顔を見せてくれた彼女はクラスメイトの夏宮梨華さん。

今の高校に転校してきて以来、なにかとお世話になっている気の置けない友達、田部井悠希の幼馴染みにして、悠希の『彼女』という肩書が追加された可愛らしい女の子。

まぁ、そのあたりのことは後で詳しく説明させてもらいたい。

「俺はバスの都合で早く着いたんだよ」

「そうだと思って、私も少し早めに来たんだ」

「どういう意味？」

言葉の意味を摑みかねて首を傾げる俺。

「晃君の家からだと自転車で来るには遠いし、たぶんバスで来るんだろうなと思ったから時刻表を調べてみたの。そしたら今くらいに到着するってわかったから早めに家を出たんだ。もし家族に車で送ってもらうとしても、早めに着いて損はないと思ってね」

「さすが夏宮さん、察しがいいな」

「えへへ。それほどでも」

なんとも察しがよくて驚いたが、この気遣いが夏宮さんらしい。

夏宮さんはとても気の回る女の子で、この手のことで驚かされたことが何度かある。

特に悠希と一緒にいる時は面倒見のいいお姉さん感が強く、とても同い年には思えず誕生日を尋ねたところ、夏宮さんは四月生まれで悠希は三月生まれでほぼ一年の差があった。

そのため小さい頃から両家の家族にお姉さん扱いを受けて育ったらしい。

なるほど、どうりで悠希よりしっかりしているはずだ。

泉(いずみ)や日和(ひより)も察しのよさなら引けを取らないが、夏宮さんの場合はそこからさらに一歩フォローが手厚く、まさに『頼れるお姉さん』的な感じと言えば伝わりやすいだろうか。

見た目は可愛らしいのにお姉さんとかいいギャップだよな。

「今日は付き合ってもらって悪いな」

「ううん。晃君にはお世話になってるからね」

「大したお世話をしてるつもりはないんだけどさ」

むしろ俺の方が世話になっているが、そう言ってくれるとありがたい。

友達の彼女と二人でショッピングモールに来ているなんて、よからぬ想像をされてしまいそうだが、決してやましい関係ではないということだけは説明しておきたい。

その理由は遡ること、数日前――。

＊

「うーん……」

無事に旅行先が決まって一安心と思いきや、一難去ってまた一難。

ある日のお昼休み、俺は屋上で昼食を食べながら頭を悩ませていた。

「どうするかなぁ……」

「晃、なにかあったのか？」

「ここ数日、浮かない顔してるよね」

そう声を掛けてくれたのは隣に座っている悠希と夏宮さん。

いつものように三人でお昼を食べていると『うんうん』唸っている俺がよほど気になったのか、二人は心配そうな表情を浮かべながら俺の顔を覗き込んできた。

ちなみに悠希が食べているのは夏宮さんの手作り弁当。

お弁当箱もお揃いで少し羨ましかったりする。

俺も葵さんの手料理が食べたいなぁ。

そんな願望はさておき――。

「一つ悩んでることがあってさ」

「晃が悩みなんて珍しいな。話してみろよ」

「そうだよ。私たちでよかったら相談に乗るから」

二人は詳しい話を聞くまでもなく協力を申し出てくれる。

心配させてしまい申し訳ないと思いつつも優しさが身に染みる。

俺はお言葉に甘えて相談させてもらうことにした。

「実はさ、もうすぐ葵さんの誕生日なんだ」

「なるほど。そういうことか」

「それは確かに悩んじゃうね」

悠希も夏宮さんも早々に俺の気持ちを察してくれたらしい。

二人揃って自分のことのように悩ましそうな表情を浮かべた。

「ずっと前から誕生日は二人で旅行に行こうって約束をしてたんだよ。旅行先は無事に決まって宿も予約できたんだけど、なにをプレゼントしようか悩んでてさ……」

二人は声を合わせて『確かに……』と口にすると。

「めでたい半面、彼氏としては悩ましいよな」

「恋人へのプレゼントは難しいもんね」

二人とも箸を置き、腕を組みながら眉間（みけん）にしわを寄せて への字口。

もともと似た者同士の二人だが、正式に付き合い始めてからさらに似始めた気がする。長年連れ添った夫婦は似るって聞くが、この二人も似たようなものなんだろう。

さすがは幼馴染み、似すぎていてちょっと面白（おもしろ）い。

「ちなみに二人はさ、お互いのプレゼントってどうしてるんだ？」

付き合いも長いから結構な回数プレゼントを贈り合ってきたと思う。

ぜひ参考までに聞かせてもらいたい。

「私たちはもう、お互いに欲しい物を聞いちゃってるよね」

「ああ。中学に上がった頃からそうしてる。なんなら一緒に買いに行くこともある。毎年の誕生日にクリスマス、入学祝いに卒業祝い、その他にも細々したイベントを含めたらプレゼントの回数は数十回。なにを贈ればいいかわからなくなるからな」

「お互いにプレゼントをあげるってわかってるから、今さら驚くことはないしね。それなら欲しい物を聞いて買ってあげた方がいいよねって話になったの」

「なるほどな……」

付き合いが長くなれば、それも一つの方法だと思う。

もしプレゼントしたいものが見つかれば聞かなければいいだけの話で、その時はサプライズになるだろうし、前提として聞くことにしているのは贈る側としては気が楽だ。

でも、俺と葵さんはまだ付き合いが短いから本人に聞くのは避けたい。

当日に誕生日を祝うのは初めてだからサプライズにしたいしな。

「なにか葵さんが欲しいものに心当たりはないのか？」

「う～ん……」

心当たりか……。

食欲はめちゃくちゃあるから食べ物をあげるなら悩まずに済みそうだが、誕生日プレゼントに食べ物は味気ないから形に残る物がいい――って、考えながらふと思ったこと。

バースデーケーキの用意もしないといけないよな。

宿に相談したら用意してくれるだろうか？

あとで電話して聞いてみよう。

「ないな……葵さん、あんまり物欲がある方じゃないと思う」

「普段から一緒にいれば会話の中でそれとなく探ることもできるだろうけど、晃君と葵さんみたいに遠距離だと、そういう機会もなかなかないから難しいよね」

「そうなんだよな」

「「「う〜ん」」」

俺がわからないんだから二人がわかるはずもない。

今度は俺も一緒に三人揃って頭を悩ませていると。

「わかった。一緒に選びに行こうぜ」

悠希は閃(ひらめ)いたと言わんばかりに口にした。

だけど、直後にハッとした表情を浮かべて言い直す。

「――って言いたいところなんだが、俺は今週末予定があるから無理だった。というわけで梨華、晃と一緒にショッピングモールにでも行って一緒に選んでやってくれないか？」

「うん。私もそうした方がいいかなって思ってたところ」

二人は思いもよらない提案をしてくれた。

やはり長年連れ添った夫婦よろしく考えることは同じらしい。

その気持ちは心の底から嬉しいんだが――。

「さすがに友達の彼女と二人では……」

本人たちがよくてもさすがに気が引ける。

「別に知らない仲じゃねぇし、晃が相手なら気にしねぇよ」

「私も男の子と二人でお出掛けはしないけど、晃君が相手なら話は別」

二人は全く気にした様子もなく言ってくれた。

「晃にはこんなことくらいじゃ返せない恩がある。あんまり恩着せがましいのは嫌がるかもしれねぇけど、ここは俺たちなりの感謝の気持ちってことで言葉に甘えてくれよ」

「悠希、おまえ……」

なんとも義理堅い悠希らしい。

そこまで言われたら断る方が失礼だろう。

それによくよく考えてみれば、この状況は瑛士の彼女である泉に葵さんのプレゼント選びに付き合ってもらったのと同じシチュエーション。

俺にとって悠希が瑛士と同じく『親友』と呼んでいい相手になった証しだと考えれば、失礼どころか喜んでいいことなのかもしれないな。

「ありがとう。遠慮せずに甘えさせてもらうよ」

「いいプレゼントが見つかるといいな」

「夏宮さん、よろしく頼むよ」

「うん。任せておいて！」

こうして夏宮さんに誕生日プレゼント選びを手伝ってもらうことに。

やはり持つべきものは友——いや、親友だよなと思った。

＊

そんな経緯があり、夏宮さんと二人きりでショッピングモールに来た俺。

決して悠希に黙って誘ったわけではないから安心して欲しい。

「じゃあ行こうか」

「うん。とりあえず雑貨屋さんでいい？」

「ああ。いい物がなければ他も見てみよう」

「そうだね」

さっそく中へ入り、俺と夏宮さんは雑貨屋へ向かう。

ショッピングモール内は休日だけあって多くの人で溢れていた。

こうして大勢のお客さんで溢れているショッピングモールに来ていると、泉に付き合ってもらい葵さんへのクリスマスプレゼントを買いに行った時のことを思い出す。

あの時、泉の計らいでペアのネックレスを贈り合ったのはいい思い出。

いきなり女性下着ショップに連れていかれ、下着をプレゼントすればいいと提案された時は人生でも一二を争うほど焦ったけどな。

結局、泉が葵さんへ下着をプレゼントすることになり、交換条件で俺が選ばされることになったんだが……残念ながら、葵さんが着けている姿を目にすることなく今に至る。

そう言えばあの下着、どうなっているんだろうか？

ワンチャン旅行で目にする機会が……！

「晃君、なんか鼻の下が伸びてない？」

「そうか？　気のせいだろ」

真顔で誤魔化しながら明後日の方向へ顔を向ける。

ダメだ……旅行先が決まってから、どうにも煩悩に歯止めが効かない。

彼女と初めてのお泊まり旅行なんだから仕方がないとはいえ妄想がすぎる。

どうか発情期——もとい、思春期男子の純情な下心ってことで勘弁して欲しい。

これまで葵さんと事に至るチャンスは三度もあったわけだし、今はこうして恋人同士なわけだし、お互いにとうの昔に気持ちは固まりきっているわけで。

次こそは機会があれば我慢していられる自信はなく、それこそクリスマスに瑛士と泉からプレゼントされた高級なボクサーパンツの出番かもしれない。

ちなみに貰（もら）ってから一年四ヶ月、一度も穿（は）いていない。

出番がなさすぎてタンスの肥やしになりそう。

「それで、その後いいプレゼントは思いついた？」

「いや……考えてはいるんだけど、なかなかどうして」

考えすぎて逆にわけがわからなくなってきた気がする。

最近はプレゼントを選んでいる夢まで見るくらい。

「ちなみに今までは、どんな物をプレゼントしてきたのかな？」

「クリスマスにペアのネックレスを贈り合って、お互いの誕生日プレゼントってことでペアリング。他にも細々あげた物はあるけど、ちゃんとしたプレゼントはその二つかな」

ちなみに去年のクリスマスはお互いにマフラーを贈り合った。

冬が近づいたある日の夜、通話していた時に『寒くなってきたし新しいマフラーが欲しい』という話になり、それならお互いにプレゼントしようって話になって。

受験勉強を優先して会わずにプレゼントを送る形で済ませたが、おかげでこの冬は例年以上に温かかったなんて言ったら惚気（のろけ）だと思われてしまうだろうか。

「なるほどねぇ」

するとの夏宮さんは納得した様子で頷いた。

「つまりハードルが上がっちゃったんだね」

「ハードルが上がった？」

言葉の意味を上手く受け取れず疑問の声を漏らす俺。

夏宮さんは顎に人差し指を添えながら続ける。

「これまでプレゼントした物が高価なアクセサリーだから、無意識に同じくらいの物をプレゼントしないといけないって思ってる——悩んでる理由はそこだと思うな」

「確かに……それはあるかもな」

言われて納得。

むしろその通りだと思った。

事実、俺がプレゼントを選ぶにあたり調べていたのはアクセサリーばかり。

今にして思えば、前にネックレスや指輪をあげたんだからと、それらと比べて見劣りしないプレゼントを選ぶようにしようと無意識どころか意識しまくっていたんだろう。

クリスマスに贈ったマフラーだってなるべく高価な物を選んだし。

「でも、考えてみて欲しいの」

思い悩む俺の心境を察してくれたんだろう。

「私たちはまだ高校生、そんなに高価な物じゃなくてもいいと思わない？」

夏宮さんは優しく言い聞かせるように続ける。

「高価な物をプレゼントするのがダメって言いたいわけじゃなくて、たとえ値段が安くても相手を想って一生懸命悩んで選んだものなら、きっと喜んでもらえると思う」

「相手を想って選んだものなら、か……」

思わず言葉を繰り返してふと思った。

なんだろう……俺はプレゼントの本質を見誤っていた気がする。

「よくよく考えてみれば、確かにペアのネックレスや指輪って、高校生のプレゼントにしては贅沢だよな。もっと身の丈にあったプレゼントだってあったと思う」

もちろん夏宮さんの言う通り高価なものがダメだというわけではなく、ネックレスや指輪を贈り合ったことを後悔しているわけでもなく、それを基準にするのは少し危うい。

その手の物は自分でお金を稼ぐようになってからでもいいだろう。

「夏宮さんの言う通りだと思う。ありがとうな」

優しく諭してくれる夏宮さんの言葉にはっとさせられた。

さすが同級生だけど俺たちの中で一番お姉さんだよな。

「参考になったのなら嬉しいけど、アドバイスはここからだよ」

「ここから——？」

するとと、なぜか夏宮さんは進路を変えて歩き出す。

明らかに雑貨屋とは反対の方向だった。

「これは私が悠希君へのプレゼントを選ぶ時に意識してることなんだけど、選ぶコツは相手が喜んでくれるだけじゃなくて、プレゼントした自分も嬉しくなれる物だと思うの」

「プレゼントした自分も嬉しくなれる物？」

夏宮さんは人差し指を掲げながら頷く。

「相手が大切にしてくれている姿を想像して笑顔になったり、あとから思い出してプレゼントしてよかったなと思って心が温まったり。今でこそ私と悠希君は欲しい物を聞くようになったけど、そうする前、私はそれを一つの基準にしてたんだ」

ふと、想像してみる。

なんでもいい――俺の選んだプレゼントを受け取って葵さんが喜ぶ姿。

それを使ってくれていると想像するだけで俺も嬉しくなったり、一年後でも二年後でも思い返す度に心が温かくなるような物……少し照れくさくなったりもするのかな。

うん……想像するだけでお互いにとって幸せなんだとわかる。

「その意味では、旅行自体がお互いに喜べるなによりのプレゼントだよね。だから形に残るプレゼントは、そこまで高い物じゃなくてもいいと思うんだ」

確かに、今回は旅行そのものが記憶に残るプレゼントだからな。

「となると、何年経(た)ってもプレゼントを見る度に『あの時、初めて二人きりで旅行に行ったんだよな』って懐かしく思えるようなアイテムだと理想的ってことか」

「そんな感じ。そこで私がお勧めするプレゼントは、これ――!」

夏宮さんは声高らかに言い放つと同時に足をとめる。

つられて足をとめ、顔を上げた瞬間に思考もとまった。

「……は?」

目の前に広がっていたのは、目が眩(くら)むほどのカラフルな空間。

夏宮さんに連れられてやってきたのは男子禁制、秘密の花園こと女性下着ショップ。

男子高校生にとって憧(あこが)れの場所でありながら、立ち入るどころか前を素通りすることすら許されず、せいぜい遠目に眺めるか横目でこっそりチラ見するのが精一杯。

もし男で来られる奴(やつ)がいるとしたら、よほどの勇者か特殊性癖の変態さん。もしくは彼女という名の通行証をもつリア充だが、一緒に来たいかどうかはまた別の話。

ちなみに俺は葵さんが誘ってくれるなら一緒に来てみたい。

本音はともかく……上下左右に規則正しく並べ飾られた下着の壁。三百六十度の大パノラマが臨むカラフルな下着の森。迷い込んだ俺は、さながら煩悩の国のアリス。

いつかの機会と全く同じ感想が頭をよぎるのはさておき、なぜ俺は親友の彼女と二人で女性下着ショップに来ているんだろうか?

デジャブというか、前にも同じことがあったんだけど。

「さっそく見てみよ」

「ちょ、ちょっと待ってくれ！」

慌てて夏宮さんの肩を摑んで引きとめる。

驚きと気まずさと恥ずかしさで腰が引けた。

「どうかしたの？」

「どうかしたのもなにも……」

さすがにわかるが確認させて欲しい。

「なんで女性下着ショップに来てるんだ？」

「葵さんへのプレゼント、下着がいいと思うの！」

他にはないくらいの笑顔で言いきられた。

……マジで言ってるの？

「一応、理由を聞いてもいいかな？」

「二人でお泊まり旅行ってことは、もちろんそういう雰囲気にもなるわけでしょ？　プレゼントした下着で一夜を過ごせば、同じ下着を見る度に旅行のことを思い出す、まさに思い出のアイテムになるってわけ♪」

夏宮さんは珍しくドヤ顔で得意げに口にした。

まさか夏宮さんがこの手の話に抵抗がないとは思わなかった。

見た目も性格も違うがノリが泉にそっくりすぎてちょっと驚き。

「それにほら、さっき晃君が言ってた通り『身の丈』にあった物だし」

「上手いこと言ったつもりだろうけど、身の丈の意味が違うからな！」

身体に合う合わないの話じゃなくて、分相応って意味だから。

夏宮さんがそんな冗談を言うとは思わず突っ込んでしまった。

「いや、でも下着は……」

どうなんだろうと思いつつ、すでに一度プレゼントしたようなもの。

泉の代わりに選んだ時は付き合っていなかったが今は恋人同士。

そう考えると今回ありなのかもしれない……と悩んでいると。

「女性の下着ショップに入るのは恥ずかしいと思うけど、プレゼントすること自体は恥ずかしくないよね？　別に彼女の下着姿を初めて見ますってわけでもないと思うし」

「うっ……」

すでに致したことある前提の質問に喉の奥から変な音が漏れた。

ないと言えずにいると、さすがに察してくれたらしい。

「え？　そういうことなの……？」

「なんていうか、まぁ……ほら、遠距離だしさ」

めちゃくちゃ驚きというか哀れむような瞳を向けられた。

胸も心も痛いからそんな目で見ないで欲しい。

「一年間一緒に住んでたって聞いてたし、お付き合いを始めてから結構経ってるし、そういう感じのことはもう済ませてるものだと思って……ごめんなさい」

「やっぱり俺たち、付き合いの長さに対して遅すぎると思う？」

「人それぞれだと思う。私たちが早いだけで――」

「え――？」

聞き捨てならない台詞が聞こえて疑問の声を上げる俺。

夏宮さんは言い掛けたまま顔を赤くして言葉を濁した。

「「…………」」

マジで？

「な、なんか、ごめんなさい……」

「いや、夏宮さんが悪いわけじゃないからさ」

まさかのカミングアウトに驚いたが、二人は恋人になってからの日は浅いものの、付き合い自体は長いからすることをしていても不思議じゃないが……気まずくて触れられない。

二人の話はさて置き、俺たちの話を聞いたら誰だって遅いと思うだろう。

俺だって他人事だったら同じリアクションをしていると思う。

「ま、まぁあれだ。夏宮さんの言っていることは理解できるし、俺も悪くないプレゼントだとは思うけど、今回は別の物にしてもらえると嬉しいな……勧めてもらって悪いけど」

「ううん。気にしないで」

「「………」」

女性下着ショップの前で気まずい空気になる若い男女の図。

いつまでも親友の彼女と女性下着ショップの前にいるのは気まずいし、周りのお客さんたちの視線が痛い。万が一クラスメイトに見られていたらと思うとぞっとする。

そそくさとお店を後にして雑貨屋へ向かいながら考える。

「でも、イメージはできた気がするよ」

空気を変えるためにわざと明るく口にする。

「さすが何十回と同じ相手にプレゼントを贈ってきた人の言葉は違うな」

「そんなことないよ。私も晃君と同じことで悩んだことがあるだけ」

なるほど、付き合いが長くなれば誰もが通る道なのかもな。

早めに気づかせてもらえただけでもありがたい。

「でもね、私……思うの。今の晃君みたいにプレゼント選びに頭を悩ませていた頃って、大変だったけど楽しかったなって。たまにあの頃を思い出して懐かしく感じたりする」

夏宮さんは少し儚（はかな）げな瞳を浮かべながら過去に想いを馳せる。

確かに、俺も悩んでいるけど楽しいといえば楽しいこと。

だったら——。

「夏宮さんも一緒に悠希へのプレゼントを選ぼうよ」

「私も一緒に？」

「なにもプレゼントの度に相手に聞かなくちゃダメってわけじゃない。それに、理由なくプレゼントしちゃいけないってわけでもない。ようやく恋人同士になったんだから、もっとフランクにプレゼントしたっていい。たまには悠希を驚かせてやればいいさ」

「晃君……」

そう提案すると夏宮さんは嬉しそうに頷いた。

「そうだね。じゃあ私も一緒に選ぼうかな」

「ああ。色々見てみよう」

雑貨屋に着くと、俺たちはさっそく店内を見て回った。

ここは主に女性をターゲットに展開している雑貨屋で、日用品やキッチン用品などの小物から可愛らしい家具やインテリア雑貨など、多種多様なアイテムを扱っている人気店。

雑貨屋とは思えない充実した品揃えで、ここに来れば空っぽの部屋を一からコーディネートできるほどのラインアップ。さすがにこれだけあると全部見るのも一苦労。

親身になってアドバイスしてくれる夏宮さんと一緒に見て回る。

店内を一周した頃、とある商品が目に留まった。


「フォトフレームか……」

棚の一角に並ぶ様々なフォトフレーム。

その中の一つが目に留まり、おもむろに手を伸ばした。

見開き型のフォトフレームで、左側が写真を入れるスペースになっていて、右側は上に小さなアナログ時計と下に紫陽花(あじさい)の造花が収められている可愛らしい一品。

純白のフレームカラーが上品な印象だった。

「気にいったのがあった？」

「ああ。これなんかどうだろ」

手にしていたフォトフレームを夏宮さんに渡しながら答える。

「葵さんと修学旅行を過ごした時も思ったんだけど、旅行に行くと写真を撮るわりには見返す機会ってあまりなくてさ。昔は撮った写真は現像してアルバムにしまうのが当たり前だったらしいけど、今は取りっぱなしでスマホの中に眠ったままになりがちなんだよな」

たぶん俺だけではなく誰しも同じだと思う。

見返すことなんて数ヶ月に一度あるかどうか。

「旅行中に撮った写真を印刷して机に飾っておけば毎日目にすると思うし、見返す度に思い出せると思うんだよな。時計も付いてるから受験勉強中の時間確認にもなってちょうどいいと思ったんだけど、どうだろ?」

「すごくいいと思う。私も悠希君と旅行に行くことがあれば欲しいくらい!」

「じゃあ、これに決めようか――ん?」

夏宮さんはフォトフレームを棚に戻して在庫の箱を手に取る。

するとなぜか、一つではなく二つ俺に差し出した。

「はい」

「なんで二つ?」

「思い出は二人で共有するものでしょ?」

つまり一つは自分用ってことか。

「確かに、そうだな」

俺は葵さんの分ともう一つ、自分の分も受け取りお会計を済ませる。

あれだけ悩んでいたのが嘘(うそ)みたいに素敵なプレゼントが選べたと思う。

「次は夏宮さんから悠希へのプレゼントだな」

「実は私、もう見つけてあるの」

「そうなの?」

人をよけながら店内を進む夏宮さんの後についていく。

キッチン用品が並ぶ棚の前に着くと、夏宮さんはとある品を手に取った。

「お弁当箱？」

それは男性用の少し大きめのお弁当箱だった。

「悠希君、お付き合いする前はお弁当を作ってきても恥ずかしがって食べてくれなかったんだけど、今は喜んで食べてくれるようになったの。でも、今使ってるお弁当箱は家に余ってた私とお揃いのものだから、悠希君には少し小さいみたいでね」

確かに最近、悠希は夏宮さんの作ってきたお弁当を食べている。

夏宮さんの言う通り量が足りないらしく、たまに購買でパンを買って食べていた。食べ盛りの男子高校生にとって、女の子と同じサイズのお弁当箱は確かに小さいだろう。

「新しいお弁当箱を買ってあげようと思ってたんだ」

「いいね。悠希も絶対喜ぶと思う」

悠希だけじゃない。

きっとお弁当を作る夏宮さん自身、悠希のために作るのが楽しくなるだろう。

そう考えると夏宮さんがアドバイスしてくれた通り、これもまた『プレゼントした自分も嬉しくなれる物』に違いない。

「私もお会計済ませてくるから少し待ってて」

「ああ。いってらっしゃい」

夏宮さんは嬉しそうに髪を揺らしながらレジへ向かう。

悠希と夏宮さん、二人が喜ぶ姿が目に浮かぶようだった。


雑貨屋を後にした俺たちは、モール内の喫茶店に場所を移していた。

本来ならプレゼント選びに半日かかるつもりでいたんだが、夏宮さんのアドバイスが的確すぎたこともあり思いのほかすぐに決まったため、少しお茶でもして帰ろうとなった。

最近は受験勉強ばかりで外出していなかったから息抜きにちょうどいい。

「でも本当、今日は付き合ってくれて助かったよ」

お茶を口にして一息ついた後、俺は改めてお礼の言葉を口にする。

すると夏宮さんは笑顔で小さく首を横に振った。

「お礼なんて言わないで。言わなくちゃいけないのは私たちの方だから」

夏宮さんは紅茶の入ったカップを手にしたまま続ける。

「晃君がいなかったら、私と悠希君が付き合うことはなかったと思う。悠希君に恋をしてから十年近くも変わらなかった関係を変えることができたのは、間違いなく晃君のおかげ」

改めて、悠希と夏宮さんは晴れて恋人同士となった。

気になる人もいると思うので経緯について軽く触れておきたい。

結論から言うと、二人が付き合い始めたのは今年のホワイトデーから。

夏宮さんの言う通り、二人は惹かれ合っているにも拘わらず『幼馴染み』という関係故になかなか一歩踏み出すことができず、新しい関係を築くことができずにいた。

そんな二人の仲が少しでも進展すればと思い修学旅行中に協力した結果、夏宮さんが悠希のことを『悠希ちゃん』から『悠希君』と呼ぶことで意識し合うようになったんだが……。

なんと、それから二人が付き合うまでに掛かった期間は約五ヶ月。

バレンタインのお返しを渡す時、悠希から告白して今に至る。

つまり、まだ付き合って一ヶ月やそこらだったりする。

修学旅行でいい感じになったのに、なにをモタモタしていたんだよ。

誰もが突っ込みたくなる気持ちは俺も激しく同意だが、幼馴染みという関係が長かった分、恋人になるのにも時間が掛かってしまったってことで理解してやって欲しい。

その反動か、最近は驚くほどイチャイチャしている時があって目に余るというか、うらやましいというか、二人を見ていると変われば変わるもんだよなと思わされる。

「恋人になれたおかげで同じ大学を目指せることになったし」

「二人は地元の大学を受験するんだっけ？」

「うん。きっと恋人になれてなかったら同じ大学に行こうって話にはならなかったと思う。だから、その意味でも晃君には感謝してるんだよ。本当にありがとう」

そこまで感謝されるとさすがにくすぐったい気分になる。

だけど、あまり遠慮しても悪いから素直に受け取っておこう。

「晃君は都内の大学に進学するんだよね？」

「ああ。そのつもり」

「寂しくなるけど……二人のことを思えば応援しないとね」

悠希と夏宮さんには、俺と葵さんが都内の大学を目指していて、合格したら一緒に暮らそうと約束していることを伝えてある。

悠希が少し驚いていたというか、羨ましそうにしていたけどな。

「確かに今みたいに会うことはできなくなるけど、なにも今生の別れじゃない。たとえ住む場所が違っても大学生になれば行動範囲も広がるから、会おうと思えばいつでも会えるさ」

これは修学旅行の時、俺が瑛士から掛けてもらった言葉。

かつて転校の度に全てを諦めていた頃の俺だったら気休めにもならない言葉だが、離れ離れになっても変わらない関係があると信じられるようになった今は心からそう思う。

だから借り物の言葉でも夏宮さんに掛けてあげたかった。

「うん……そうだよね」

　夏宮さんはそう言いながら笑みを浮かべてくれた。

「二人で一緒に遊びに来てくれよ。案内するからさ」

「うん。必ず遊びに行く」

　少し気が早い気もするがこんな約束も悪くない。

　それもまた受験勉強を頑張る理由の一つになるはず。

「葵さんも都内の大学を受験するって言ってたけど、私と悠希君みたいに同じ大学を受験するわけじゃないいんだよね？」

「ああ。大学は別々の予定だよ」

「葵さんがどこの大学を受けるかは聞いてないの？」

「……そう言えば聞いてないな」

　父親と祖母に相談して都内の大学に進学するのはＯＫをもらったと聞いている。

　でも、具体的にどこの大学を受験するかまでは聞きそびれていた。

「一緒に暮らすならお互いの大学に通いやすい場所がいいと思うし、今のうちに聞いておいた方がいいんじゃないかな？　お部屋探しの時になってから慌てないように」

「確かに……ありがとう。旅行の時にでも聞いてみるよ」

その後、俺たちは一時間ほどお茶をしてからモールを後にした。

夏宮さんと別れた後、俺は旅行の計画をしながらバスに揺られて帰路に就く。

宿は押さえたし、プレゼントも選んだし、あとは当日どんなことをして過ごそうか――一人考える時間は悩ましくもあり楽しくもあり、恋人がいるからこそ実感できる幸せな時間。

お互いにとって色々な意味で忘れられない旅行になる。

そう確信していた。

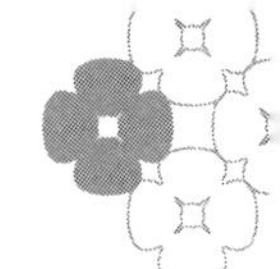

第三話　誕生日旅行一日目

そして迎えたゴールデンウィーク――。

葵（あおい）さんの誕生日の前日、俺（おれ）はかつて住んでいた街に帰ってきていた。

「いつ来ても懐かしさを覚えるな……」

駅を出て辺りの景色を見渡しながら、ふとそんな声が漏（も）れた。

懐かしさを覚えずにはいられないのは、これまで何度も転校を繰り返してきて故郷と呼べる場所がはっきりしない自分にとって、一番大切に思っている街だからだろう。

足を運ぶのは去年の夏休み、葵さんに会いに来て以来九ヶ月ぶり。

そんなに経（た）ったのかと思うと時の流れの速さを実感する。

「ていうか、転校してから妙に速いような気がする」

そんなことを呟（つぶや）きながら駅を後にして待ち合わせ場所に向かう。

駅から歩いて数分――目的地に着くと、俺はドアベルを鳴らしながらお店の扉を開ける。

店内にはずいぶん見慣れた、でも懐かしい笑顔を浮かべている男性の姿があった。

「店長、おはようございます」

「おはよう。待っていたよ」

俺を出迎えてくれたのは葵さんのアルバイト先である喫茶店の店長。

いや、今はもう辞めているから『かつてのアルバイト先』と言うべきだろう。

その意味では、俺も高校一年の文化祭前に『和風金髪ギャル喫茶』をやる勉強のため働かせてもらったから、俺にとっても同じことが言えるか。

「葵さんはまだみたいですね」

オープン直後だから他のお客さんの姿もなかった。

「座って待っているといい。アイスコーヒーでいいかい？」

「はい。お願いします」

俺はいつものテーブル席に腰を掛けて店内を見渡す。

店内の景色はもちろん、雰囲気やフロアを漂うコーヒーの香りが懐かしい。

それはさておき、いつも出かける時の待ち合わせは駅の構内なのに、なぜ今回に限ってこの喫茶店にしたのか?

それは、これから利用する電車がいつもと違い私鉄だから。

私鉄の駅は歩いて二十分ほど離れた場所にあるため、他の場所で待ち合わせしようという話になり、それなら久しぶりに店長に会いたいと思いここを待ち合わせ場所にした。

そんなわけで、開店直後の十時過ぎに足を運んで今に至る。

「お待たせ」

「ありがとうございます」

しばらくすると店長がアイスコーヒーを運んできてくれた。

懐かしい味に安心感を覚えながらほっと一息吐く。

「葵さんの誕生日で旅行に行くんだって？」

「受験勉強の骨休めも兼ねて温泉に行ってきます。今日はあまりゆっくりできないんですが、せっかくなら店長にご挨拶したくて、待ち合わせ場所に使わせてもらいました」

「そんなことなら大歓迎だよ。私も二人に会えるのを楽しみにしていたからね。葵さんは去年の暮れに辞めて以降、学校帰りに何度か顔を出してくれたが久しぶりだよ」

店長は寂しさと嬉しさの混ざったような笑みを浮かべた。

「二人で楽しんでくるといい」

「ありがとうございます。それと泉から聞いていると思いますが、明後日も伺わせてもらいます。いつものメンバーで葵さんの誕生日をお祝いする約束なので」

「ああ。ケーキの用意をして待っているよ」

久しぶりの会話に花を咲かせる俺と店長。

するとと不意にドアベルが鳴り響いた。

「晃君――！」

自分の名前を呼ぶ声が聞こえて振り返る。

すると、そこには満面の笑みを浮かべる葵さんの姿があった。

普段はブラウスにスカートを合わせたりワンピースだったり、いわゆる清楚系の服装をしているることが多い葵さんだが、今日は珍しく動きやすそうなパンツスタイルにスニーカー。

いつもの清楚な感じもいいけど、こういうカジュアルな姿も似合っている。

なぜいつもと違う格好をしているのかは後ほど説明をさせてもらいたい。

「ごめんね。電車が少し遅延しちゃって」

「俺も来たばかりだから大丈夫だよ」

「それならよかった」

葵さんは笑みを浮かべると店長に向き直る。

「店長、お久しぶりです」

「久しぶり。元気そうで安心したよ」

「はい。店長もお元気そうでなによりです」

店長は優しい笑みを浮かべながら声を掛ける。

店長は葵さんがアルバイトを始めて以来、ずっと気にかけてくれていた大人の一人。

俺が葵さんと同居する前、学校を休んでアルバイトをしていた葵さんを事情も聞かずに受け入れてくれていた。

俺が初めてここに来た時、葵さんとの関係を問い詰められたのも懐かしい。

店長にとって葵さんは娘とは言わないまでも大切な存在なんだろう。

「葵さんはアイスティーでいいかな？」

「ありがとうございます。でも時間が――」

俺は時間を気にする葵さんを制止する。

「葵さん、せっかくだからいただこう」

「いいの？」

「お茶の一杯くらいは余裕があるから大丈夫」

「それなら少しゆっくりさせてもらおうかな」

葵さんも喜びに表情を緩ませる店長の顔を見て察したんだろう。

俺もアイスコーヒーのお代わりを頼むと店長はカウンターへ戻っていった。

「やっと会えたね……元気だった？」

「ああ。葵さんも元気そうで安心したよ」

半年ぶりの再会に気恥ずかしさを覚えながら喜び合う。

「今日から二泊三日、よろしくな」

「うん。楽しんでこようね！」

その後、二十分ほどお茶を楽しんでから喫茶店を後にした俺たち。

こうして葵さんの誕生日、俺と葵さんの初めてのお泊まり旅行が始まった。

＊

私鉄の駅に移動した俺たちは電車に乗り込んで街を後にした。

車窓から覗(のぞ)く田園景色を眺めながら電車に揺られること一時間半、最寄り駅に到着。

駅の傍の喫茶店で軽く昼食を済ませ、そこから一日に四本しか出ていないバスに乗り換えて山道へ。アップダウンのある狭い道を揺られながら進むこと更に一時間半後――。

到着したのは辺りを山々に囲まれた小さな駐車場だった。

ちなみに辺境すぎて終点まで乗っていたお客さんは俺たちだけ。

「ありがとうございました」

運転手さんにお礼を言ってバスを降りた瞬間、空気の冷たさに驚いた。

ずいぶん山道を登ってきたとは思っていたが、標高が高いせいか思っていたよりも気温が低い。四方を山に囲まれた場所で日差しが届かないのも理由かもしれない。

五月にしては珍しいくらいの肌寒さを感じた。

「ここが目的地？」

バスを見送った後、葵さんは少し困惑した様子で辺りを見渡す。

あまりにもなにもなさすぎるから、そんなリアクションも無理はない。

駐車場に数台の車はあるものの人の姿はなく、辺りは静まり返っていた。

「目的地の宿は、この山の中にあるんだ」

「この山の中……？」

奥へ続く道を指さすと、葵さんはその先に視線を向ける。

「どうやって行くの？」

「この先の渓谷沿いにある遊歩道を徒歩で行くか、宿にお願いして送迎バスで迎えに来てもらうかなんだけど、散歩するにはちょうどいい季節だから歩こうと思ってさ」

「そっか。だから歩きやすい格好で来てねって言ってたんだね」

葵さんがいつもと違いパンツスタイルなのはそういうこと。

さすがにスカートでは厳しいと思い事前に伝えておいた。

「どのくらい時間が掛かるの？」

「普通に歩いて一時間半くらいだって」

「確かに、お散歩するにはいい距離だね」

葵さんは少しテンション高めに声を弾ませる。

せっかくだからテンションが上がる話をもう一つ。

「実はさ、今日泊まる宿は国立公園の中にあるんだよ」

「……国立公園？」

国立公園というのは自然公園法に基づき国が管理する自然の中にある公園のこと。

日本の美しい自然や風景を保護するために開発が制限されており、ここから先が徒歩か宿の送迎バスで行くしかないのも、保護を目的としたマイカー規制のためだったりする。

有名な場所だと長野と岐阜の県境にある上高地なんかもそう。

こういう場所は日本のあちこちにあるらしい。

「豊かな自然が残されているおかげもあって、この辺りは今の季節、野生動物が多く見られるらしい。シカやサルはもちろん、運がよければウサギやリスにも会えるんだってさ」

「ウサギやリス――!?」

思った通り嬉しそうに瞳を輝かせる葵さん。

というのも、転校前に俺の卒業旅行で山奥の温泉に行った時のこと。

前日に荷物の準備をしていた際、葵さんは無意識に『森のくまさん』の鼻歌を歌いだし、理由を尋ねると『山奥に行くから、くまさんに会えると思って』と言っていた。

その頃から葵さんは動物が好きなんだろうと思っていたけど大正解。

「もしかしたら……くまさんにも!?」

くまさんとの出会いに期待する葵さん。

やはり一番会いたいのは今も変わらずくまさんらしい。

とはいえ葵さんには申し訳ないが、ご希望通りくまさんに出合ったら大惨事。

この辺りの山々は冬が長く今が雪解けの時期、冬眠から目覚め始めたくまさんにばったり出くわす可能性がゼロじゃないから洒落にならない。

近年、くまさんの活動範囲が広がり目撃情報も後を絶たない。

葵さんには悪いけど、万が一に備えて熊鈴を持ってきた。

どうかリアルで森のくまさんに出合いませんように。

「遊歩道の入り口に案内看板があるから見てみよう」

「うん」

身長より大きな案内看板の前に立って道のりを確認する。

目的の宿までは距離があるものの、分かれ道一つない一本道なのでわかりやすい。

多少曲がりくねってはいるものの、渓流沿いに続いているため迷うことはなさそうだ。

宿の近くはスマホの電波が入るらしいが、遊歩道は途中から圏外になってナビは使えないって話だから、念のため案内看板をスマホで撮っておく。

「じゃあ、行こうか」

俺は葵さんに手を差し伸べる。

「……ふふふっ」

すると葵さんは俺の手を握り返しながら小さく笑った。

「どうかした？」

「晃君の手、久しぶりだなって思ったら嬉しくて」

「確かに、手を繋ぐのも修学旅行以来だもんな」

「こうしてると、すごく落ち着く……」

葵さんは嚙みしめるように呟きながら手に力を込めた。

俺も葵さんと手を繋いでいると心が穏やかになっていく。

今まで手持ち無沙汰だったというか、収まりが悪かったというか、行き場を求めて落ち着かなかった手が、ようやくあるべき場所に収まったような安心感を覚える。

葵さんの言葉に答えるように俺も手を握り返した。

「出発しよう」

「うん。気を付けて行こうね」

こうして俺たちは駐車場を後にして宿へと向かった。

遊歩道を進むと、すぐに辺りは森の景色に変わった。

駐車場から続いていたアスファルトの道は未舗装の山道へと変わる。

やや道は狭く、ところどころ木の根が露出しているため足元に気を付けないといけないものの、スニーカーで歩くのに支障がない程度には踏みならされた山道が続いている。

土を踏みしめる感触は心地いいが受験勉強で鈍った身体には少し堪える。

穏やかな風で揺れる木々のざわめきと、あちこちでこだまする小鳥の鳴き声に癒やされながら進んでいくと、気づけば北も南もわからない深い森の中だった。

「葵さん、大丈夫？」

「うん。思ったよりも平気かな」

「山道の割にはアップダウンが少ないのが救いだよな」

「空気も美味しいし、運動不足の解消にちょうどよさそう」

「確かに。慌てる必要はないから自分たちのペースでいこう」

「うん」

葵さんのペースに合わせ、会話を楽しみながら進んでいく。

遊歩道は生い茂る木々で日差しが遮られているため駐車場以上に肌寒かったが、三十分も歩くとシャツの下に汗をかいてしまうくらいに身体が温まってきた。

「そろそろ休憩にしようか」

「そうだね」

どこかいい場所はないかと探しながら進んでいた時だった。

それまで少し遠かった川の音が近くに聞こえてきた。

「川のすぐ傍まで来たのかな？」

「どこかで降りられるかもしれないな」

逸る気持ちを抑えながら進んでいく。

すると木々の隙間から傍を流れている川が見えた。

かなり近いが生い茂った木の枝が邪魔をして微妙に見えない。

辺りを見渡すと、茂みをかき分けて作ったような小道を見つけた。

「葵さん、ここから川に降りられそうだよ」

「本当？」

やや急な傾斜ながら地面は踏み固められてしっかりしている。

たぶん遊歩道を散策した人の多くが、ここから川に降りたんだろう。

葵さんに降りる順序を教えるために俺が先に下まで降り、あとから続く葵さんの手を取りながら、なにかあっても抱き留められるように構えながら慎重に下まで導く。

「ありがとう」

「葵さん、見て――」

川に降りて顔を上げた瞬間、二人で息を呑んだ。

目の前には言葉を失うほど美しい景色が広がっていた。

「やばいな……」

「すごく綺麗（きれい）……」

山間（やまあい）から覗く青い空と白い雲、目の前を流れる深いエメラルドグリーンの渓流。

太陽の光が水面に降（ふ）り注（そそ）ぎキラキラと煌（きら）めく様は、さながら天然のイルミネーション。

幻想的な光景が広がる中、どこからともなく聞こえてくる小鳥のさえずり。川の音色と風が揺らす木々のざわめきが織りなす大自然のオーケストラが心地よく耳をくすぐる。

頬（ほお）を撫でる穏やかな風の中、自然と深呼吸を繰り返していた。

「空気が澄んでいて気持ちいいね」

「ああ。街の空気とは大違いだよな」

そう感じるのは、辺りを包む森の香りも理由の一つだろう。

普段の生活では決して感じることのできない新緑の香りが呼吸と共に身体を巡り、目の前に広がる景色と相まって、より空気を美味しく感じさせているような気がする。

こんなに空気が美味しいと感じたのは初めてかもしれない。

「この景色を見られただけでも来た甲斐があるね」

「本当だよな……」

ずっと景色を眺めていたくなる。

「この辺は浅そうだから川に入ってみようか」

「うん。きっと気持ちいいよね」

さっそくスニーカーと靴下を脱ぎ、近くの岩の上に置いてから川辺に近づく。

お互いを支え合うように手を繋ぎながら裸足(はだし)で川に入った瞬間だった。

「「冷たい――――！」」

あまりの冷たさに二人揃(そろ)って声を上げる。

一歩も動けず固まっていたが少しすると徐々に慣れてきた。

「慣れてきたら気持ちいいけど、思ったよりも冷たくて驚いちゃった」

「山の中とはいえ五月にしては冷たすぎる気がするけど、国立公園の奥の方は四月中旬頃まで雪が降るらしいから、今の時期は雪解け水が混ざって冷たいのかもしれないな」

「そんなに遅くまで雪が降るなら冷たいのも納得だね」

俺たちは近くの石に腰を掛けて歩き疲れた足を冷やす。

少し冷たいくらいが熱を冷ますのにちょうどいい。

「葵さん、お茶飲む？」

「うん。飲みたい」

バッグからペットボトルを取り出して葵さんに渡す。

「ありがとう」

葵さんはお茶を口にすると顔を上げて辺りの景色に視線を投げた。

「本当に綺麗だね……」

その姿があまりにも絵になっていて、俺はスマホを取り出してカメラを起動する。

大自然の美しい景色の中、岩の上に腰を掛けながらお茶で喉(のど)を潤す葵さん。ペットボトルを片手に、風になびく長い黒髪を左手で押さえながら景色を見つめる美少女の絵。

お茶のＣＭにありそうなワンシーンを前に、思わず何枚も写真に収める。

しばらく俺が黙っていたからか、葵さんが俺の方に振り返った。

「晃君、もしかして写真撮ってる？」

「ああ。葵さんが絵になってたからさ」

「ちょっと恥ずかしいけど、私にも見せて」

葵さんの傍に近づいてスマホを差し出す。

葵さんは画面を覗き込むと嬉しそうに声を上げた。

「自分で言うのもなんだけど、本当によく撮れてるね」

「だろ？　あとで葵さんにも送るよ」

「ありがとう」

「せっかくだからカメラ目線の――ん？」

カメラ目線の写真も欲しいと思い、スマホを構えて少し下がった時だった。

画面の奥、葵さんの後ろにまさかのものが映りこんだ。

「晃君、どうかした？」

俺の視線がスマホから外れたのを見て気づいたんだろう。

葵さんは不思議そうに首を傾げる。

「葵さん……」

俺は息を潜めながら葵さんの後ろを指さす。

その先、少し離れたところに見慣れない動物の姿があった。

「――あの子は？」

葵さんは嬉しそうに笑みを浮かべながら、でも驚かせないように小声で呟く。

「たぶんニホンカモシカだと思う」

「ニホンカモシカってことは……シカの仲間？」

「そう思う人が多いけど違うんだ。俺たちがよく知るニホンジカはシカ科で、ニホンカモシカはウシ科でヤギの仲間らしい。日本の固有種で天然記念物にも指定されてるんだって」

あの見た目でウシ科ということにやや疑問が残るのはさておき、ニホンカモシカは地方によって『バカジシ』『ニクバカ』『アホ』など、だいぶ可哀想な呼び方をされている。

好奇心が強く、人と出合ってもじっと見つめて逃げないため捕まえやすいという理由からきているらしいが……それにしたって『アホ』は酷すぎないか？

その一方で、昔から神の使いとして崇められてきたって話もあるからわからない。

扱われ方の温度差が激しすぎて風邪を引きそう。

「それは可哀想だけど……さすが晃君、物知りだね」

「宿のホームページを見てたら、国立公園内に生息する野生動物を紹介してるページがあってさ。ニホンカモシカの写真が載ってたから気になって調べてみたんだ」

まさか本当に会えるとは思ってなかったけどな。

「ちなみに、ヤギの仲間だから急な崖や岩場の移動が得意らしくて『絶壁に立たされても決して落ちない』ことから、合格祈願にご利益（りやく）があるとされてるんだってさ」

「合格祈願⁉　それなら写真に撮ってお守り代わりにしないと！」

葵さんはスマホを取り出して水を飲むニホンカモシカを写真に収める。

「確かによく見るとヤギっぽいね。小さい角と丸々とした瞳が可愛（かわい）い」

葵さんの言う通りシカよりも愛くるしい顔をしている気がする。

「うん……やっぱり可愛いかも」

いい写真が撮れたんだろう。

葵さんは満足そうに頷（うなず）いた。

「あとで晃君にも送るね」

「ああ。ありがとう」

少し騒がしくしたせいか、ニホンカモシカは不意に顔を上げる。

俺たちの存在に気づいたようで目と目が合って動きがとまった。

「「……………」」

どれくらいの間、見つめ合っていただろうか。

一分か五分か、それとも十分か——幻想的な光景の中、時間の感覚がなくなるほど見つめ合った後、ニホンカモシカは思い出したように森の奥へと帰っていった。

さすが神の使い、なんとも神秘的な時間だった。

「俺たちも行こうか」

「うん。そうだね」

濡れた足を拭きスニーカーを履き直して遊歩道に引き返す。

その後も大自然の魅力に癒やされながら宿へと向かった。

ちなみに余談だが、葵さんが撮影したニホンカモシカの写真。

葵さんが泉に『合格祈願のご利益があるんだって』と送ってあげた結果、クラスメイト全員に即日共有され、みんなのスマホの待ち受け画面がニホンカモシカの画像になったらしい。

想像するとシュールだが、すがれるものにはすがりたいのが受験生。

お守り代わり、どうかみんなにご利益がありますようにと願いつつ。

俺も同じ画像を待ち受けにしておいた。

＊

遊歩道を歩き始めてから一時間半後――。

森を抜けて目的地の宿に到着したのは十六時半過ぎだった。

「ここが今日からお世話になる宿か」

「すごく雰囲気のあるお宿だね」

山奥の渓流沿いにひっそりと佇む、築百年を迎える木造建築の一軒宿。

過度に立派な建物というわけでもなく、森の景観を崩さないように意識して建てられたのが窺える造りで、まさに森に溶け込んでいるという表現が相応しい趣のある建物。

玄関の前には宿のシンボルともいえる立派な楓の木が立っている。

山間ということもあり時間の割に辺りは薄暗くなっていた。

「さっそく受付でチェックインしよう」

「そうだね――ん？」

すると、どこからともなく一匹の犬が現れた。

全体的に白毛だが茶色と黒色の毛が交じり、目と鼻の周りは特に色が濃いためタヌキのように見えなくもない。

夜の暗がりで出くわしたら判断がつかないくらいタヌキっぽい。

「……犬、だよね？」

葵さんも一瞬迷ったのか、確認するように疑問符を浮かべた。

まぁ世の中には捨て犬を保護して飼い始めたつもりが、大きくなったらどう見てもタヌキだったなんて話を聞くし、それでも本人は犬だと信じて飼い続ける人もいるって聞く。

ぱっと見で判断に迷ってしまうのも仕方がない。

「首輪をしてるってことは、この宿の子かな？」

「確かホームページに看板犬がいるって書いてあったな」

葵さんは犬の前にしゃがみ込んで顔をわしゃわしゃと撫でてあげる。

犬は嬉しそうにパタパタと尻尾を振りながら葵さんにされるがまま。

「この子、とっても大人しいね」

「そうそう。大人しすぎて番犬にならないって書いてあったよ」

「この大自然の中なら番犬としての役目なんて必要なさそうだよね」

いや、大自然の中だからこそ野生動物に対して必要だと思うけど。

なんて、野暮なことは言わないでおこう。

「きっと私たちをお出迎えしてくれたんだね」

「それがこの子の仕事なんだろうな」

「ありがとうね」

葵さんの気が済むまで犬を撫でまくってから玄関へ向かう。

犬との触れ合いが終わるのを待っていてくれた受付の人に案内されて中へ入ると、外観もさることながら内装も木で統一された温かみのある空間が広がっていた。

驚いたことに五月にも拘わらず受付の隣にはストーブが置いてあり、受付の人に聞いたところ、まだまだ朝晩は冷え込む日が多く暖房器具が欠かせないらしい。

「説明は以上ですが、なにかご不明な点はございますか？」

「いえ、とりあえずは大丈夫です」

「なにかございましたら、なんなりとお申し付けください」

「「ありがとうございます」」

一通り宿の説明を受けた後、長い廊下を渡って部屋へ向かう。

部屋の前に立ち、そっと開けて中へ入った直後だった。

「わぁ……！」

葵さんは感動の声を上げながら部屋へ駆け込む。

目の前に広がっていたのは重厚に積み重ねられた大きな丸太の壁。

まるでログハウス発祥の地であるフィンランドを思わせるような見事な内装で、リビングにはお洒落なソファーと木製のテーブルが並び、寝室にはシングルベッドが二つ。

キッチンは今時のシステムキッチンになっていて料理もできそう。

窓の外には日当たりのいいウッドデッキが広がっていた。

「すごくお洒落なお部屋だね！」

一通り部屋を確認すると葵さんは嬉しそうに声を弾ませる。

窓を開けてウッドデッキに出ると、美しい新緑の景色が広がっていた。

「見晴らしもよくて素敵……」

葵さんのお気に召したようで一安心。

でもどうしてか、葵さんは少しだけ表情を曇らせる。

「でも、これだけ素敵なお部屋だと宿泊費も高かったでしょ？」

ああ、それを気にしていたのか。

「実はこの宿、今年がちょうど築百周年でキャンペーン中なんだよ。確かに普段は少し高めの宿だけど、いつもよりリーズナブルなキャンペーン価格で泊まれるから心配しないで」

「そっか。それならよかった」

それでも葵さんは遠慮した様子だったが、俺の気持ちを汲んでくれたんだろう。

気持ちを切り替えるように笑みを浮かべ『ありがとう』と言ってくれた。

俺も応えるように笑顔を返す。

「長いこと歩いて汗もかいたし、十八時からの夕食前に温泉に入ってこようか。大露天風呂は洗い場がないから先に内湯で汗を流して、夕食後に露天風呂を楽しむ感じで」

「そうだね。そうしよ」

さっそくタオルと浴衣を手にして部屋を後にする。

内湯の場所は部屋から受付に向かう途中。

歩いてきた長い廊下を引き返し、壁に掛けられている案内板に従って進むと通路の奥に『男湯』と『女湯』と書かれたのれんが下がっている入り口を見つけた。

その前には休憩スペースと自動販売機があった。

「じゃあ、お風呂から上がったらここで待ち合わせにしよう」

「うん。晃君はお風呂、どのくらい時間掛かりそう?」

「時間は気にしなくていいから、ゆっくり入りな」

どうしたってお風呂は女性の方が時間は掛かる。

休憩スペースでコーヒー牛乳でも飲んで待っていればいい。

「わかった。ありがとう」

お互いに『また後で』と声を掛け合ってから中へ。

のれんを潜って脱衣所に入ると、さっそく温泉特有の香りが鼻をくすぐった。

脱衣所といっても、お風呂場との境は布一枚で仕切られているだけで同じ空間。そりゃ温泉の香りもするよなと納得しつつ、棚に置かれているカゴの中へ荷物をしまう。

よく見れば辺りのカゴはどれも空で、どうやら俺一人らしい。

服を脱いで足を踏み入れると、やはり貸し切り状態だった。

「これは最高だな」

岩で造られた小さな内湯が二つに、洗い場の席も二つ。

派手さがないからこそ漂う古き良き趣のある内湯といった印象。

湯けむりが辺りを包む中、湯船に注がれる湯の音が心地よく響いていた。

「お湯に飛び込みたい衝動に駆られるが、まずは汗を流さないとな」

逸る気持ちを抑えて洗い場へ向かい椅子(いす)に腰を掛ける。

頭と身体をしっかりと洗って汗を流し、いざ湯船へ。

「……あぁぁ」

お湯に肩まで浸かり切った瞬間、思わず声が漏れた。

身体がお湯に慣れていないため最初は熱めに感じたが、徐々に慣れていくと染みわたるように身体が温まっていく。お湯はやわらかくて刺激も少なく肌に優しい泉質に感じる。

受験勉強で凝り固まった首と肩がほぐれていくようで気持ちいい。

せっかくだからルームサービスのマッサージも頼もうか。

「マジで、ずっと入っていられるな……」

しばらくお湯に浸かった後のこと。

しみじみと声を上げた時だった。

「本当、ずっと入っていたくなっちゃうね」

壁の向こうから聞きなれた声が響いてきた。

声の主（ぬし）が誰（だれ）かなんて確認するまでもない。

見上げると天井（てんじょう）は隔たりなく隣の女湯と繋がっていた。

「葵さん、もしかしてそっちも貸し切り？」

「うん。晃君も一人だと思って声掛けちゃった」

まさか聞かれているなんて思わないから変な声を出していた俺。

葵さんだったからいいけど一瞬ドキっとしちゃったよ。

「そっちの湯加減はどう？」

「すごくいいよ。お肌がつるつるになってびっくり」

「……お肌がつるつる」

思わずお湯の中で自分の身体を撫でる葵さんの姿を想像してしまう。

何度か目にしたことがある葵さんの白い肌と魅力的なうなじが、お湯に浸かることでほんのりと赤く染まり、さらに温泉の成分によってつるつるになっているなんて……。

想像だけじゃ物足りず思わず壁をぶち破ってしまいそう。

「晃君、聞こえてる？」

「あ、ああ。聞こえてるよ！」

妄想が捗りすぎて我を忘れていたらしい。

ダメだ……宿についてから節操のなさに拍車が掛かっている。

せめて夕食後の大露天風呂まで我慢しろと自分に言い聞かせる。

それからしばらく壁越しに会話を楽しんだ後。

「俺はそろそろ上がるけど、葵さんはごゆっくりどうぞ」

「うん。お言葉に甘えて、もう少しゆっくりさせてもらうね」

このままお湯に浸かっていると温泉の熱さと興奮でのぼせてしまいそう。

俺は一足早く上がり、休憩スペースでコーヒー牛乳を片手にクールダウン。しばらくして身体のほてりと興奮が落ち着いた頃、女湯ののれんが小さく揺れた。

「お待たせ。遅くなってごめんね」

そう言いながら出てきた葵さんの姿に思わず見惚れた。

温泉上がりで身体が温まっているせいか、少し緩めに浴衣を着崩している葵さん。アップにしている黒髪はしっとりと濡れていて、僅かに紅潮した頬の色と相まって色っぽい。

つい先ほど想像したままの姿が目の前にある。

タオルを首に掛けていてうなじが見えないのが残念だが悲しむことはない。

この旅行中、うなじと感動の再会を果たす機会なんていくらでもあるはずだしな！

「髪を乾かすのに時間が掛かっちゃって」

「夕食まで時間に余裕はあるから大丈夫だよ」

スマホで時間を確認すると十七時四十分。

俺たちは一度部屋に戻ってから食堂へ向かうことにした。

＊

夕食会場の食事処に着くと、すでに数組の宿泊客が食事を楽しんでいた。

いくつものテーブルが並ぶ中、自分たちの席を探して辺りを見渡す。すると気づいた仲居さんが声を掛けてくれて、名前を告げると席へと案内してくれた。

向かい合って席に着く俺と葵さん。

「美味しそうだね」

「ああ。たくさん歩いたからお腹(なか)が空いたよ」

すでにテーブルの上には料理が準備されていた。

お品書きに目を向けると、山の幸を中心とした料理名が並んでいる。

ちょうど時季だからか、近くの山で採れた山菜を使っている料理が中心。

タラの芽やコシアブラの天ぷら、ふきのとうを味噌とみりんで炒めたふき味噌。

他にもこごみのお浸しなど、今しか味わえない料理の数々が彩とりどりの器に盛りつけられていて、味への期待はもちろん視覚的にも楽しませてくれる。

他にも地元で育てられたブランド鱒のお刺身や岩魚の塩焼きも。

普段なかなか食べる機会のない料理を前に俺も葵さんも興味津々。

「どれも美味しそうだね！」

葵さんは瞳を輝かせながら食欲の権化の片鱗を見え隠れさせる。

ご飯とお味噌汁がくるのを待ちきれず今にも食べ始めてしまいそう。

「葵さん、これ見て」

待っている間、テーブルに置かれている陶器製の一人用コンロの上に載っている鍋が気になって蓋を開けてみると、中には野菜と共に見覚えのある肉が数切れ並んでいた。

「これ、もしかして……猪肉？」

そう、鍋の中に入っていたのは猪肉。

以前、俺の卒業旅行で瑛士たちと四人で温泉旅行に行った時に食べたジビエ料理。あの時に食べた猪鍋に入っていた肉と赤みの強い感じがとても似ている。

改めてお品書きを確認すると鍋物のところに『猪鍋』と書いてあった。

「ここで食べられるなんて思ってなかった」

「俺も。また食べたいと思ってたんだよな」

そんな会話をしていると、仲居さんがご飯とお味噌汁を運んできてくれる。

お礼を言って受け取ると、コンロの中にある固形燃料に火をつけて『火が消えたら食べ頃なので、それまで蓋を開けずにお待ちください』と言って戻っていった。

俺と葵さんは向かい合って手を合わせる。

「「いただきます！」」

さっそく箸を手にして一品目。

なにから食べようか悩んでいると。

「晃君、タラの芽の天ぷら食べたことある？」

「いや、知ってはいるけど初めてなんだよな」

春先に直売所や道の駅で売っているのを見かけたことがあるけど食べたことはない。

俺たち高校生には馴染みの薄い食材だが、タラノキという植物の新芽で『山菜の王様』と呼ばれているらしく、数ある山菜の中でも特に人気があるらしい。

ちなみに女王は隣に並んでいるコシアブラ。

食べたこともないのに詳しいなと思われそうだが、前に家族旅行の帰りに寄った道の駅で、商品説明や料理の仕方が詳しく書かれているポップを見かけたことがある。

気になる人は春先に直売所や道の駅に行ってみて欲しい。

「葵さんは食べたことあるの？」

「うん。家の近くの山で採れるから、ご近所さんがお裾分けしてくれるの」

「なるほど。確かに葵さんの家の近くなら採れそうだよな」

「すごく美味しいから晃君も気に入ると思う」

そこまでお勧めされたら一品目はタラの芽の天ぷら以外は考えられない。

箸で摑み少しだけ塩を付けてから口に運ぶ。ゆっくりと噛んだ瞬間、揚げたての衣のサクっとした食感の後、山菜特有のわずかな苦みと共に香りが口の中に広がった。

揚げたてで温かく、噛めば噛むほど苦味が甘味に変わっていく。

少しクセがあると思ったがアクセントにちょうどいい。

「うん……美味いな！」

「でしょう？」

「ほのかな苦味が大人の味わいでいい」

これはちょっと驚きを隠せないほどに美味しい。

久しぶりに心から美味いと思える食材を食べた気がする。

「コシアブラの天ぷらも美味しいから食べてみて」

「ああ」

こうなると期待値が爆上がり。

山菜の王様の後は女王のコシアブラを食べてみる。

コシアブラも山菜特有の苦みはあるが、タラの芽よりも爽やかな香り。

タラの芽以上に風味がしっかりしているから、天ぷらだけではなく和え物やお浸しとも相性がよさそう。色々な料理に合わせやすそうなポテンシャルを感じた。

まさに女王の名に恥じない食材としての器用さを感じる。

「どっちも美味しいけど、俺はコシアブラの方が好みかも」

「天ぷらもいいけど、うちだとおばあちゃんが混ぜご飯にするの」

「混ぜご飯か……細かく刻んで醬油とみりんで炒めてから炊き立てのご飯に混ぜる感じ？」

「そうそう。味も香りも引き立ってすごく美味しいの」

なるほど、想像するだけで美味しいと確信。

「今度見かけたら買って作ってみようかな」

「ぜひ作ってみて」

そう言いながら葵さんもコシアブラの天ぷらを口に運ぶ。

すると幸せそうな笑みを浮かべながら何度も頷いた。

「すごく美味しいね！」

俺たちは山の幸を中心とした料理に舌鼓を打ちながら箸を進める。

初めて口にする山菜はどれも独特でクセになる味わいだし、お刺身や岩魚の塩焼きは海の魚と違って淡白な味だけど、それがまた山菜と相性がよく食べ合わせがとてもいい。

美味しい物を食べると口数が少なくなるというのは本当らしい。

歩き疲れてお腹が空いていたのもあるのかもしれない。

俺たちは会話もそこそこに夢中で料理を味わう。

「さて、メインディッシュだな」

「メインディッシュだね」

一通りお皿が空いた頃、猪鍋の置いてあるコンロの火が消えていた。

仲居さんが言っていたように火が消えたら食べ頃の合図なのはわかっていたが、実は消える前から鍋の隙間からいい香りが漏れていて我慢するのが大変だったんだよな。

二人で鍋を見つめながら蓋を開けた瞬間だった。

「「……おおぉ！」」

溢れる湯気と共に味噌の香りが辺りに広がった。

キノコと季節の野菜を一緒に煮込んだ味噌仕立ての猪鍋。

猪肉にはすっかり火が通って色合いもよく、こうして眺めていると前に食べた時の記憶と味が口の中に蘇ってくる。

「食べようか」

「うん！」

野菜と一緒に小皿によそい、二人一緒にお肉をかじる。

「「ん――――！」」

懐かしい味に思わず声にならない声を上げる俺たち。

二人揃って何度も頷いてしまうほど思い出通りの懐かしい味だった。

獣臭さはほとんどなく、しっかりとした弾力と溢れてくる肉汁。脂身の部分は味が濃いにも拘わらずさっぱりしていてくどさはなく、やはりどこか野性味を感じる味わい。

噛めば噛むほどに猪肉の持つ旨味が広がっていく。

一言で言うならば――。

「やっぱりワイルドな感じだね」

「ああ。ワイルドな感じだよな」

口から漏れたのは卒業旅行の時と同じ感想。

豚肉に近いが、もっと野性的にした感じ。

「……なんだか懐かしいな」

「うん。私も思い出しちゃった」

猪肉を味わいながら、二人で思い出に浸る。

みんなで俺の卒業旅行に行ってから気づけばもう一年四ヶ月。

久しぶりに食べた猪肉の味に懐かしさを覚えながら夕食を楽しんだのだった。

＊

「いやぁ……少し食べすぎたかも」

「ご飯もお味噌汁もお代わりしちゃったもんね」

「おかずが美味しすぎて箸がとまらなかったよ」

夕食後、部屋に戻った俺たちはお腹を擦りながらソファーに座って食休み。

一日を振り返りながら会話を楽しんでいると、気づけば窓の外は真っ暗になっている。カーテンを閉めようと立ち上がって窓に近づくと、空には丸い月が輝いていた。

「葵さん、今日は月が綺麗だよ」

「本当？」

あまりにも綺麗だったためカーテンを閉めに来たのに窓を開けて外へ。

二人並んで月を見上げていると、葵さんがそっと身を寄せてきた。

「日が落ちたら少し肌寒いね。晃君にくっついていい？」

その質問に思わず笑みが零れてしまった。

「葵さん、俺に聞く前からくっついてない？」

「うん。でも一応聞いておこうと思って」

「これからは確認しなくてもいいよ」

「お言葉に甘えさせてもらうね」

葵さんは俺の腕に自分の腕をからめてしがみ付く。

葵さんにしては珍しく積極的というか甘えている感じ。

彼氏としては彼女に甘えられて悪い気はしないし、むしろ可愛いらしい一面を見られて嬉しいことこの上ない。きっと旅行でテンションが上がっているんだろう。

夕食が美味しかったのもあるのかもしれない。

「本当……綺麗だね。今日って満月かな？」

「どうだろう。ギリギリ欠けてるように見えるけど」

スマホで調べてみると満月は明後日の六日らしい。

「残念。今日はともかく明日が満月なら最高だったのにな」

葵さんの誕生日、二人きりで来た初めてのお泊まり旅行。

誕生日の夜が満月だったら最高の演出の一つになったのに。

「そんなことないよ」

すると葵さんは俺の手を握りながらポツリと漏らす。

「こうして連れてきてくれただけで最高だもの。あんまり欲張っちゃダメ」

「そっか……それもそうだな」

二人で月を眺めながら、俺も応（こた）えるように握り返した。

「綺麗な月を眺めながら入る露天風呂は最高だろうね」

「確かに、趣があってよさそうだな」

スマホの画面で時間を確認すると十九時半を過ぎたところ。

いい頃合いだろうか？

「そろそろ大露天風呂に行ってみる……？」

俺は窺うように葵さんに尋ねる。

「うん……そうしよ」

少し照れた様子で頷く葵さん。

瞬間、俺の心臓が大きく跳ねた。


——ついに、この時が来てしまった！


焦る気持ちを抑えながら準備を済ませて部屋を後にする。

葵さんの言っていた通り、日が落ちたせいか廊下も気温が下がり肌寒い。

スタッフさんが『まだまだストーブが必要』と言っていたことを思い出し、確かにいるよなと思いつつ、身体が震えたのは寒さだけではなくて緊張のせいもあるんだと思う。

葵さんも同じ気持ちなのか、俺の腕にぴったりとくっついていた。

「ちゃんと温泉で温まらないとな……」

「うん……」

当たり障りのない会話をしているのは意識しているからだろう。

緊張のせいか意識が集中しているせいか、妙に感覚が研ぎ澄まされている気がする。

夕食の帰りには気づかなかった虫の音や、古い床板を鳴らす自分の足音が妙に耳について仕方がない。宿の前を流れる渓流の音も、離れているはずなのに妙に耳につく。

なにより葵さんの体温を浴衣越しなのにはっきりと感じた。

「じゃあ、中で」

「うん。また後でね」

混浴とはいえ脱衣所の入り口は男女で別。

俺は入り口の前で葵さんと別れて脱衣所の中へ。

「ヤバい……緊張してきた」

カゴが置かれている棚に両手を付いて足元を見つめる。

もちろん期待していたし、なんなら泉に宿を教えてもらった時から期待していた。

葵さんが混浴だと気づいてから今の今まで感触は悪くなかったし、嫌なら女性用の露天風呂に入ることもできるのに、それでもＯＫしてくれたんだから期待もする。

この状況で思春期男子に期待するなってのが無理な話。

「……よし」

大きく深呼吸して気持ちを落ち着かせてから浴衣を脱ぐ。

準備万端、タオルを腰に巻いて大露天風呂へ。

「おぉ……」

脱衣所の戸を開けて外へ出ると感嘆の声が漏れる。

深い森の中、湯から立ち込めるけむりがランプの灯りを滲ませていた。

あちこちから温泉の注がれる音が響く中、目の前には大きな岩造りの温泉が一つ。

源泉は離れたところにあるのか、森の奥から竹を割って作った樋のようなものが延びていて、その先から豊富な温泉がドボドボと心地よい音を響かせながら注がれている。

左手奥には高低差のある滝があり、階段を上った先には温泉に入りながら滝を真横に眺められる小さめの湯。右手奥の階段を下りると滝を見上げる滝見の湯があるらしい。

女性用の入り口は滝見の湯側のため、そこに入って葵さんを待つ。

運がいいことに内湯の時と同じく他の宿泊客の姿はなかった。

「そろそろかな……」

湯に浸かりながら女性用入り口の扉を見つめること五分くらい。

不意にドアが音を立てて開き、その奥から人影が現れる。

「え――？」

思わず口から疑問符が漏れた。

「お待たせ」

湯けむりの先に現れたのは他でもない葵さん。

だけど、その姿は想像していたものとは違った。

「湯浴(ゆあ)み着(ぎ)、着てるんだ……」

「えっ……?」

「あっ――!」

言った瞬間、慌てて自分の口を両手で押さえる。

葵さんも俺の言葉の意味を察したらしく、暗がりでもわかるほどに頬を染めた。

「お宿のホームページに湯浴み着を着用していいって書いてあったから。ごめんね……晃君と二人きりなら着なくてもよかったんだけど、他のお客さんもいると思ったから」

「そ、そうだよな!」

確かに葵さんの言う通り。

今は他の宿泊客がいないからいいものの、いつ入ってくるかもわからない。俺だって葵さんの一糸纏(まと)わぬ姿を他のお客さんに見せたくないし、湯浴み着姿だって見せたくない。

申し訳なさそうに肩を落とす葵さんに必死に謝りまくる俺。

口は災いのもととはよく言ったもの。

でも、先ほどの台詞(せりふ)は聞き逃せない。

——二人きりなら着なくてもよかったって言ったよね⁉


「と、とりあえず温泉に入ろうか」

「うん……失礼します」

葵さんはゆっくりと温泉に入り俺の隣に腰を下ろす。

二人並んで合わせるように一息漏らした。

「いい湯だね……」

「あ、ああ……そうだな」

「「……」」

意識しているせいで会話が続かない。

「やっぱりちょっと恥ずかしいね」

葵さんは少しはにかみながら口にした。

「だよな……こうして一緒に温泉に入るのは初めてじゃないけど少し照れるよ」

「前に一緒に入ったのは一年生の一学期だよね。みんなが私に勉強を教えてくれて、期末テストで赤点を回避できたお祝いも兼ねて日帰り温泉施設に行った時だった」

「その後、夏休みに瑛士の家の別荘でも一緒にお風呂に入ったよな」

「そっか。そうだったね」

「あの時は驚いたけど、たぶん泉にあれこれ言われたんだろ？」

会話の流れで思い出し、約二年ぶりに確認してみると。

「実はそうなの……泉さんに『仲良くなるには裸の付き合いが一番！』って言われて、日帰り温泉施設の時と違って湯浴み着じゃないから恥ずかしかったんだけど……」

顔を赤くして『でも晃君と仲良くなりたかったから……』とゴニョゴニョ濁す葵さん。

今さらだけど泉の奴、純真無垢でなんでも信じる葵さんで楽しんでるよな。

おかげで何度かいい思いをさせてもらったから文句はない。

むしろ感謝しかないけどさ。

「もう二年近くも前のことなのか」

「うん……懐かしいね」

懐かしさを噛みしめながら思うこと。

湯浴み着を見てがっかりするなんて、二年経っても変わらない自分の煩悩に呆れつつ、今回はあの時とは違う――お互いに『その先』を意識している空気が漂っていた。

「こうして滝を見上げながら入る温泉も素敵だね」

「滝を見上げながらもいいけど、この上に滝を横に見ながら入れる温泉もあるんだ」

「本当？　そっちも入ってみたいな」

「行ってみよう」

滝見の湯から上がり階段へ向かう。

「暗いから足元に気を付けて」

「うん。ありがとう」

階段を上った先には木造の屋根が付いた岩造りの湯船が一つ。

四人も入れば満員になりそうな小さな湯船だが、少し深さがあって首まで浸かれるからしっかり温まれそうな感じ。

高さがあるため見晴らしもよく、ライトアップされた滝を真横に望む見事な景観だった。

お湯に浸かりながら二人並んで滝を眺める。

「これだけ近くに滝を見ながら入れる温泉はなかなかないだろうな」

「うん。泉さんも滝の近くにある温泉がおすすめだって言ってた」

滝を近くに見られるだけではなく、見下ろした先には滝つぼと渓谷。

これだけの高低差を間近で見られるなんて迫力満点。

「それにしてもこの温泉、本当にいいお湯だよな」

「まるで化粧水に浸かってるみたいにお肌がつるつるするの」

葵さんは自分の腕にお湯を掛け、そっと撫でながら感想を口にする。

最初は葵さんと一緒で緊張していたが、慣れてくると温泉でリラックスしていることもあって緊張がほぐれていき、次第にいつもと変わらない会話を交わせるようになっていた。

「俺はあまりつるつるした感じがわからないんだよな」

葵さんと同じように自分の腕を撫でてみるが、あまりつるつるした感じはしない。

男性と女性の肌質の違いもあるんだろうか、なんて思っていると。

「晃君、触ってみて」

葵さんは自分の腕を差し出した。

「触っていいの？」

「うん」

葵さんに他意がないのはわかっている。

いまいち葵さんの言う『つるつるした感じ』を実感できない俺のために、自分の腕を触って確かめさせようとしてくれているんだろう。つまり葵さんの優しさに他ならない。

だけど今の俺の頭の中は他意でいっぱいなわけで……。

「じゃあ……失礼します」

そっと葵さんの腕を撫でる。

「おおぉ……！」

確かに葵さんの言う通りつるつるしていた。

とても同じ肌とは思えない滑らかさで癖になりそうな触り心地。

あまりにも撫でている手が気持ちよくて夢中で撫でまくっていると。

「んんっ……」

不意に葵さんが甘い声を漏らして我に返った。

「ご、ごめん！　さすがに触りすぎだよな！」

「う、ううん……大丈夫だよ」

再び二人の間に気まずい空気が流れる。

せっかく緊張が解けて普通に話せるようになったのに大失敗。

しばらく無言で温泉を堪能していると、葵さんが気まずさを払うように明るい声を上げて空を指さした。

「晃君、見て」

「ん――？」

葵さんの指の先に視線を向ける。

そこには部屋でも見た美しい月が昇っていた。

「綺麗だね……」

「部屋で見た時よりも綺麗に見えるな」

そう見えるのは、夜が更けて気温が下がり空気が澄んでいるのも理由だろうけど、もう一つ——温泉から立ち込める湯気が月の輪郭をわずかに滲ませているから。

夜の温泉だからこそ見ることができる美しい朧月。

なんとも趣のある光景だった。

「晃君……」

「ん……？」

「連れてきてくれて本当にありがとう」

「そんな、改まってお礼を言わなくていいさ」

「ううん……何度でも言わせて欲しいの」

葵さんはわずかに視線と声を落とす。

「私ね……こうして誕生日をお祝いしてもらうの久しぶりなんだ」

その一言で葵さんが目を伏せた理由を察した。

「最後にお祝いしてもらったのは両親が離婚する前からか……十年ぶりくらい？」

それはまだ、葵さんの誕生日を家族でお祝いしていた頃の話。

円満とまではいかなくても、まだ家族三人が揃っていた頃の貴重な思い出。

十年か……誰にとっても誕生日は毎年当たり前に行うイベントだからこそ、葵さんはお祝いしてもらえなかった十年間を、実際の月日以上に長く感じてしまった。

それがどれだけ寂しい日々だったかなんて想像に難(かた)くない。

「だからね、今年はこうしてお祝いしてもらえてすごく幸せ」

葵さんは表情を一変、満面の笑みを浮かべてみせる。

「誕生日にお祝いしてもらえるだけでも嬉しいのに、一緒にいてくれる人が私の大好きな人なんだもの、こんなに幸せなことはないよね」

思わず照れてしまったのは、お礼を言われたからだけじゃない。

「葵さんから好きって言ってもらうの、告白の返事以来だな……」

「そう言われると……確かにそうかも」

「彼女に好きって言われるのって嬉しいもんだな」

「じゃあ、これからはもっとたくさん言うようにするね」

すると葵さんはそっと俺に身を寄せる。

「晃君、連れてきてくれてありがとう。大好きよ」

「こちらこそありがとう。俺も葵さんが大好きだ」

見つめ合う瞳と瞳、自然と寄せ合う顔と顔――。

月明かりの下、俺たちは去年の夏休み以来のキスを交わす。

それは葵さんにとっては四度目、俺にとって二度目のキスだった。

その後、俺たちは一時間ほど大露天風呂を満喫してから部屋へ戻った。

あまりにも気持ちよすぎて永遠に入っていられそうだったが、他の宿泊客が入ってきたので上がることに。

部屋へ戻ると窓を開け、夜風に当たって火照った身体をクールダウンする俺たち。

気づけばすっかり夜は深まり、今日の予定は概ね終了。

となれば、次にすることは決まっていた。

＊

二十一時を過ぎた頃――。

「葵さん……本当にいいの？」

「うん。私もしたいと思ってたから」

若い男女が部屋で二人きり。

「じゃあ、始めようか……」

「うん」

いったいなにを始めるかというと。

「また晃君と一緒に勉強できて嬉しいな」

テーブルの上に参考書を並べて勉強していた。

「「……」」

いや、どうか待って欲しい。

言いたいことはわかるが、その前に言い訳をさせてもらいたい。

彼女の誕生日にお泊まり旅行に来て、一緒に温泉に入ってキスまでしたくせに、この期に及んでなにをしているんだと言われたら返す言葉もないのだが、これには深い事情がある。

それは両親から誕生日旅行の許可をもらうために相談した時のこと。

なんとしても許可をもらうために早くから受験勉強を始め、その甲斐あって両親から許可をもらえたのは前に話した通り。

だがその際、実は父さんとこんなやり取りがあった。

「葵さんの誕生日に二人で旅行に行きたいんだけど」

「旅行にいくのは構わないが、受験勉強はどうなんだ?」

「大丈夫！　旅行先にも参考書を持っていって勉強するから！」

言った瞬間、自分の首を絞めて黙らせてやろうかと思った。

遠回しにダメと言われたと勘違いした俺は必死にそんなことを口走る。

「……まぁ、晃がそれでいいなら構わないが」

「あ、ありがとう！」

あとから母さんに聞いた話なんだが、父さんはダメと言いたかったわけではなく、受験勉強に支障がなければ楽しんでくればいいという意味で確認のために聞いただけ。

……そういうのは、その場で言ってくれよ！

とはいえ、旅行先で勉強をすると言った手前やらないと筋は通らない。

どうしたものかと悩んだ末に葵さんに相談したところ『じゃあ一緒に勉強しようよ』という話になって今に至る。

時が戻せるなら、あの時の自分をぶん殴りに行きたい。

「せっかくの旅行中なのにごめんな」

参考書に落としている視線につられて気分も落ちていく。

なにが悲しくて彼女とのお泊まり旅行中に勉強をしなくちゃいけないんだ。

「そんなに謝らないで」

「でもさ……せっかく二人きりなのに」

「私、こうして一緒に勉強できて嬉しいの」

葵さんの表情は気を遣っているようには見えなかった。

「たまに放課後、泉さんや友達と教室に残って勉強をすることがあるの。わからないところを教え合うためだったり、一人だとさぼっちゃう人のために付き合ってあげたり、理由は人それぞれだけど、みんなと一緒に勉強する機会があってね」

楽しそうに語っていた次の瞬間、浮かべていた笑みに影が落ちた。

「その度に思ってたの……二人で約束を叶えるために頑張ってるけど、もし晃君が傍にいたら一緒に勉強したり、わからないところを教え合ったり、支え合えただろうなって」

「葵さん……」

「もちろん離れていたら支え合えないってことじゃないの。でもきっと、色々違ったよねって思わずにはいられなくて……だから、今日だけでも一緒に勉強できて嬉しい」

惚気に思われるかもしれないけど言わせて欲しい。

俺の彼女はなんていい女の子なんだろう。

「始めようか」

「うん」

俺は気持ちを切り替えて葵さんと勉強を始める。

煩悩的に色々と思うところはあるけど置いといて、俺たちも受験生だけあって一度勉強を始めてしまえばスイッチが入り黙々とテーブルに向かう。

気づけば一時間が過ぎた頃――。

「う～ん……」

「晃君、どうかした？」

とある問題が解けずに頭を悩ませていた時だった。

そんな俺に気づいた葵さんが手をとめて声を掛けてきた。

「わからない問題があってさ」

「どの問題？」

「これなんだけど……」

葵さんは俺の手元を覗き込むと何度も頷きながら問題と睨めっこ。

しばらくすると『この問題はね――』と前置きをして俺に解説を始めた。

葵さんの解説を『うんうん』頷きながら受けること数分後。

「どう？　上手く説明できたかな？」

あれだけ悩んでいた問題が葵さんの説明であっさり解けた。

「ありがとう葵さん、すごくわかりやすかったよ」

「私も最近勉強したところだったの。教えてあげられてよかった」

なんだろう……思わず感慨深い気持ちが込み上げてきた。

一緒に暮らしていた頃は俺や泉が勉強を教えてあげていたのに、今では逆に俺が教えてもらうこともあるほどに学力が上がっている。

かつての葵さんは家庭環境故に勉強する時間が取れなかっただけで、決して勉強ができないわけではないとわかっていたけど……そう思うと、葵さんの努力の程が窺えた。

それだけ俺との約束を大切に思ってくれている証拠だよな。

「葵さん、ありがとう」

「ううん。どういたしまして」

「もうひと頑張りする前に休憩しようか」

「そうだね」

「せっかくだしアイスでも食べる？」

「アイス――⁉」

その単語に葵さんがキラリと瞳を輝かせた。

「売店で売ってたのを見かけたんだよ」

「本当⁉　食べたい！」

「よし。買いに行こう」

俺は財布を手に葵さんを連れて売店へ向かう。

勉強の合間に食べるおやつがいつもより美味しく感じたのは、大好きな人と二人で勉強を頑張っているからだろうと思うと、申し訳ない気持ちもいくらか軽くなった気がした。

その後、アイスを食べてから勉強を再開して夜は更けていく。
正直言えば甘い展開も期待していたが、とはいえ今日は初日で焦る必要はない。
なにかあるとすれば明日——葵さんの誕生日の夜だろうと思い今日は我慢。
時計の針が日を跨ぐ頃まで勉強を続けたのだった。

第四話　誕生日旅行二日目

翌朝――。

「ん……朝か……」

カーテンの隙間から差し込む朝日と、近くを流れる川の音で目を覚ました。

枕元に置いてあるスマホを手探りで探し当て、重い瞼をわずかに開いて画面を確認する。

「……六時過ぎ、か」

朝食は七時半だから、朝から温泉に入るにはちょうどいい。

昨晩、寝る前に葵さんが『朝食の前に温泉に入りたい』と言っていたから起こしてあげようと思い瞼を開けると、向かいのベッドで笑みを浮かべる葵さんの姿があった。

「晃君、おはよう」

「おはよう……葵さん、起きてたんだ」

「私も少し前に起きたの。晃君を起こそうと思ったんだけど、あんまり気持ちよさそうに寝てるし、晃君の寝顔が見られる機会なんてあまりないから少し眺めてようと思って」

まいったな……さすがに少し恥ずかしい。

「俺……変な顔してなかったかな？」

「可愛い寝顔だったから安心して」

「可愛い……それって誉め言葉？」

「うん。すごく誉め言葉」

「そっか。ありがとう」

女の子から可愛いなんて言われるのは初めてのことだから少し照れるが、彼女から言われるなら決して悪い気はしない。なにより、朝起きて隣に恋人がいる幸せは俺も一緒。

布団を払いベッドから降りてカーテンを開ける。

朝日の眩しさにようやく目が覚めた気がした。

「いいお天気だね」

葵さんもベッドから起き上がり並んで外を眺める。

自然と身を寄せ合って手を繋ぐ。

「葵さん、十八歳の誕生日おめでとう」

「ありがとう」

「今年は当日にお祝いの言葉を伝えられてよかった」

「私も、お誕生日の朝から晃君と一緒にいられて嬉しい」

お互いに幸せを嚙みしめ合う俺たち。

だけど満足するにはあまりにも早すぎる。

誕生日は始まったばかりなんだから。

「温泉に入ってこようか」

「うん。そうしよ」

俺たちは支度を済ませて部屋を後にする。

今日は目いっぱい葵さんを楽しませてあげよう。

＊

朝から大露天風呂で温泉を満喫した後、その足で浴衣姿のまま食事処へ。

昨晩と同じ席に行くと朝食の準備はすでに済んでいて、テーブルの上には焼き鮭や温泉卵、納豆にお漬物など、いかにも古き良き旅館の朝食といったメニューが並んでいる。

ご飯とお味噌汁はセルフらしく、入り口近くのテーブルに用意してあった。

葵さんと一緒にご飯とお味噌汁をよそって席へ戻る。

「「いただきます」」

旅館の方に感謝しながら手を合わせる。

箸を手にし、まずはお味噌汁から口に運んだ。

「ふぅ……」

やはり朝食にはお味噌汁だよな。

お味噌の塩分が身体に染み渡りほっと息が漏れた。

それにしても、このお味噌汁――。

「美味しいけどちょっと違う感じ？」

「たぶん自家製のお味噌を使ってるんだと思う」

「自家製？」

味を確かめるようにもう一度口にしてみる。

「違いはわかるけど、自家製か……葵さん、よくわかるね」

「おばあちゃんが家で作ってるの。市販の物と食べ比べると違うんだ」

「そう言われてみれば、葵さんの家でいただいたお味噌汁も美味しかったっけ」

高校二年の夏休み、葵さんが作ってくれたお味噌汁の味を思い出しながらふと思う。

修学旅行の時に嵐山でデートをした際、お昼に抹茶のクリームパスタを食べた時にも思ったが、一緒に住んでいた頃は葵さんと料理の話ができる日が来るなんて思わなかった。

改めて葵さんの変化を目の当たりにして感慨深いものがある。

きっともう俺より料理が上手なんだろうな。

「また葵さんが作ってくれた料理を食べたいな……」

「私も、晃君にお料理が上手になったところを見て欲しい」

思わず本音を漏らすと、葵さんは笑顔でそう言ってくれた。

「都内の大学に合格すれば毎日でも作ってあげられるから頑張ろうね」

「また一つ受験勉強を頑張る理由が増えて、俄然やる気が出て来たよ」

とはいえ、今日明日くらいは勉強のことは置いておこう。

「それにしてもこのお味噌汁、本当に美味しいね」

「売店でアイスを買った時、お味噌も並んでた気がする。もしかしたらそれかも」

「それならお土産に買って帰りたいな。あとで仲居さんに聞いてみよ」

「そうだな」

お味噌汁を味わった後、他の料理にも手を付ける。

その中でも一つ、俺も葵さんも気になっているものがあった。

「このお鍋はなんだろうね」

昨日の夜に食べた猪鍋と同じ陶器製の一人用コンロと鍋。

まさか猪鍋ではないと思うが、もし同じだとしたら朝から猪肉は胃が重い。

そっと蓋を開けると、中に入っていた物がなにかわからず首を傾げた。

「これ、なんだろう」

「豆腐……とは違うよな」

野菜とキノコと一緒に添えられている白い食材。

俺も葵さんもわからずに仲居さんに尋ねると『湯葉』だと教えてくれた。

「これが湯葉か」

これまた山菜と同じくらい高校生には馴染みの薄い食材だが、湯葉とは豆乳を煮詰めた時に表面にできる膜をすくい取ったもので、お刺身やお吸い物など色々な料理で使われる。

今回は他の食材と水炊きしてポン酢でいただく食べ方らしい。

「私、湯葉を食べるの初めて」

「俺も。でも確かに、この地域の名産だって聞いたことがあるな」

「そうなの?」

「ずいぶん前……たしか中学生の頃だと思うけど、泉が湯葉にハマってた時期があってさ。その時に湯葉の素晴らしさについて延々と聞かされたことがあったんだよ」

当時は興味がなかったから聞き流していたが、何度も語られたら嫌でも覚える。

湯葉は精進料理にも使われる古き良き日本の伝統的な食材で、和もの全般が好きな泉にとっては大好物の食材の一つらしく、わざわざ買うために遠出していると言っていた。

ちなみに、この地域では湯葉ではなく『湯波』と書くらしい。

まさか何年も経った今になって食べることになるとは。

「食べてみよう」

「うん！」

さっそく湯葉を箸で摘み、まずはなにも付けずに食べてみる。

どんな味だろうと期待を込めて口にした瞬間、豆乳のような味が広がった。

「思ったよりも味がしっかりしてるね」

「ああ。もっと薄味かと思ったけど美味（うま）いな」

豆乳を煮詰めた時にできる膜なんだから豆乳のような味なのは当然なんだが、もっと淡白というか、あっさりした味だと思っていただけに味がしっかりしていて少し意外。

お勧めされたポン酢を付けて食べるのもさっぱりしていて美味しい。

なるほど、泉があれだけ熱弁していたのも頷ける。

「旅行でお宿に泊まると、普段は食べない食材を楽しめるのも醍醐味だよね」

「葵さんの言う通りだよ。昨日の山菜もそうだけど、湯葉がこんなに美味しいなら泉の話をちゃんと聞いておくんだったたって少し後悔してるよ」

心の中で泉に謝っておく。

「湯葉も売店に売ってたら、お詫びのしるしに泉のお土産にしようかな」

「いいと思う。きっと日和（ひより）ちゃんも好きだと思うから私も買ってあげよ」

「日和の分のお土産は俺が買うから気を遣わなくて大丈夫だよ」

「ううん。私が買ってあげたいの。ダメかな？」

確かに、同じ物を貰うにしても葵さんからの方が喜んでくれるかもしれない。

俺は両親の分を買うとして、日和の分は葵さんの言葉に甘えよう。

「わかった。じゃあ、そうしてもらえる？」

「うん。ありがとう」

そんな会話を交わしながら朝食を楽しむ俺たち。

「ところで晃君」

「ん？　どうかした？」

しばらくすると、葵さんがお漬物をぽりぽりしながら尋ねてきた。

「今日はなにをして過ごす予定なの？」

実は葵さんに旅行中の予定はほとんど伝えていない。

俺がエスコートするから任せて欲しいと言って秘密にしておいた。

「この国立公園の中には色々な観光スポットがあるんだけど、その中の一つに森の中を歩くトレッキングコースがあるんだ。受験勉強の疲れを癒やすなら温泉はもちろん、森の中を散策しながらデジタルデトックスをするのもいいと思ってさ」

「いいね。楽しそう」

「昨日歩いた遊歩道に比べると少し長めのコースだけど、必要な装備は宿でレンタルできるから大丈夫だと思う。飲み物と昼食は前もって宿にお願いして用意してもらってある」

「さすが晃君、準備万端だね」

「食べ終わったら少し休んでから出発しよう」

「うん。わかった」

今日の予定を確認すると朝食を再開。

たくさん体力を使うからと、葵さんはご飯とお味噌汁をお代わり。

特に湯葉がお気に召したらしく『美味しくて食べすぎちゃった』と言っていたが、これから運動するから摂取カロリーはプラスマイナスゼロってことにしておこう。

美味しそうにご飯を食べる女の子って可愛いよな。

＊

朝食と着替えを済ませた後の十時過ぎ——。

俺たちはトレッキング用の装備を身に着けて玄関の前にいた。

「どうかな……？」

着慣れない格好のせいか、葵さんは自分の姿を確認しながら尋ねてきた。

保温性に優れた長袖（ながそで）のアンダーウェアを着て、下は伸縮性のあるロングパンツ。万が一の雨や強風に備えた防水・防風アウターをはおり、足元は専用のトレッキングシューズ。

帽子をかぶり、背中にはお弁当と着替えなどが入ったバックパック。

両手にトレッキングポールを手にして準備万端。

「ああ。よく似合ってるよ」

「それならよかった。晃君も似合ってるね」

いかにもトレッキングを楽しむ観光客といった完全装備。

いつもの清楚な服装の葵さんもいいけどアクティブな格好もよく似合う。

せっかくだから出発前に、宿の人にお願いして写真を一枚撮ってもらった。

「じゃあ、行こうか」

「うん！」

トレッキングコースと観光スポットの書かれた地図を手に森の中へ。

俺たち以外にもトレッキングを楽しんでいる人は多く、前にも後ろにも似たような格好をした観光客の姿があり、中には宿で見かけた老夫婦の姿もあった。

これだけ人がいれば万が一トラブルがあっても安心だろう。

「標高が高くて木々で日差しも遮られてるから肌寒いな」

「そうだね。もう少し時間が経って日が昇れば暖かくなるかな？」

「ああ。歩けば身体も温まるから大丈夫だと思う」

そう考えると肌寒いくらいがちょうどいいのかもしれない。

寒ければ中に着る枚数を増やして調整できる。

「目的地はどこか決めてあるの？」

「この山道の先にある湿原まで行こうと思ってる」

「湿原？」

そこは国立公園内でも特に人気のある場所。

標高二千メートルに位置する高原湿原で、大小四十個を超える沼があるエリア。

百種類を超える高山植物の宝庫としても知られているこの場所は、六月頃になると沼の至るところで水芭蕉が咲き始め、七月頃には高山植物が次々と開花し、九月になると紅葉で湿原全体が燃えるような色彩に移り変わり、十一月を過ぎると一足早い冬が訪れる。

まさに四季折々の魅力が楽しめる人気スポットらしい。

「今年はまだ山の方に雪が残ってるって、宿の人が言ってたよ」

「新緑の景色と雪景色が一緒に見られるってこと？」

「ああ。きっと綺麗だと思う」

「楽しみだね」

こうして俺たちは自分たちのペースで山道を進んでいく。

ただでさえ受験勉強でなまった身体、無理をすると体力がもたない。

あとから来た観光客に道を譲り、途中で休憩を挟みながら登っていく。

いくつかの橋を渡り、高低差のある道を登り、渓谷の先に現れた滝の美しさに目を奪われ、展望台から緑一色の景色を眺め、動物たちの姿を見つけては一喜一憂。

次第に道のりは険しくなるが、専用のトレッキングシューズを履いていることもあり昨日スニーカーで遊歩道を歩いた時に比べたらずいぶん楽で負担も少ない。

それでも疲労の色は徐々に濃くなっていく。

出発して二時間半近くが過ぎた頃──。


「葵さん、大丈夫？」

「うん……大丈夫だよ」

言葉とは裏腹に力のない笑みを浮かべる葵さん。

「もう少しみたいだから頑張ろう」

そっと手を差し伸べ、葵さんの手を取り励ましながら道を進む。

やがてブナの木に囲まれたエリアに差し掛かると、むき出しの地面だった山道は木の板を並べて作った通路に変わり、その通路がブナの原生林のずっと奥まで延びている。

やや緩やかな坂を登っていくと不意に視界が開けた。

「おお……」

「すごい……」

言葉を失うとは、こういう時に使うべきなのかもしれない。

深い森の中にいたのが嘘のように、視界を遮るもの一つない開けた景色。

どこまでも続く新緑の湿原、いたるところに沼が点在している中、景色の中心を木の板で作った二本の通路——おそらく行き用と帰り用の道が果てしなく続いている。

あまりにも広大すぎて遠近感がバグってしまいそうになる。

はるか遠くの山々は聞いていた通り雪を被っていた。

「「…………」」

しばらく言葉を忘れて立ち尽くしていた。

「なんていうか……上手く言葉が出てこないよ」

「私も……どんな言葉で表現していいかわからないね」

雲一つない空の青と、山頂を覆う冠雪の白と、新緑のコントラスト。

今まで見てきた景色の中で一番と言っても過言ではない大自然の美しさ。

残念ながら、この光景の美しさを伝えるには余りにも俺たちは語彙が足りない。

大袈裟に聞こえるかもしれないし、ここまで頑張って登ってきたからそう感じるのかもしれない。でも、言葉にし難いほどの感動は決して大袈裟なんかじゃなかった。

大きく深呼吸をしながら果てしなく広がる青い空を見上げる。

「正直、想像以上に過酷で、葵さんを連れてきたことを後悔しかけてたんだけど……」

「確かに大変だったけど、この景色を見たら疲れなんて吹き飛んじゃったね」

葵さんは満面の笑みを浮かべてそう言った。

「よし、さっそく――」

湿原を散策しようと思った時だった。

不意に鈍い音が辺りに響いた。

「あっ……」

あまりにも大きな音だったから誤魔化しようがない。

自分のお腹に手を当てると、葵さんも俺のお腹を見つめていた。

あれだけ歩けばお腹も空いて当然、スマホで時間を確認すると十三時近く。

「さっそくお昼にする？」

葵さんはからかうように口にした。

「そうしてもらえると嬉しいかも」

「うん。実は私もお腹ペコペコだったの」

「通路を進むといくつかベンチがあるらしいから、そこでお昼にしよう」

辺りの景色を楽しみながら進むと、すぐに休憩用のベンチを発見。

先客が多く空きがなかったため、もう少し先に進んで別のベンチを探そうと思ったが、俺たちに気づいた三十代くらいの夫婦が早めに食事を済ませて席を空けてくれた。

「お待たせしました。どうぞ」

「『ありがとうございます』」

ご厚意に甘え、お礼を言ってから譲ってもらう。

「助かっちゃったな」

「優しい人たちでよかったね」

腰を下ろしてバックパックからお弁当とお茶を取り出す。

竹の皮を編み込んで作った昔懐かしいお弁当箱を開けると、中には小さめのおにぎりが三つに一口サイズの唐揚げと焼き鮭、卵焼きとお漬物が敷き詰められていた。

この後も歩くにはちょうどいいボリューム。

「いただこうか」

「うん」

二人で手を合わせてからおにぎりを口に運ぶ。

うん……塩加減がほどよく疲れた身体に染みていく。

お弁当を用意してくれた宿の人に感謝しながら食事を進めていると。

「私はきっと、ここでおにぎりを食べるために十八年生きてきたんだね……」

おにぎりを両手で持ちながら感極まった感じで天を仰ぐ葵さん。

葵さんは美味しい物を食べると、たまに大袈裟なことを言い出すことがある。

卒業旅行でいちご狩りに行った時は『私、このいちごを食べるために生まれてきたような気がする……』と言い出したり、グランピング旅行のバーベキューでは『……私はきっと、伊勢海老を食べるために今日まで生きてきたんだと思う』と言って感激したり。

相変わらず食に懸ける想い(おも)が半端(はんぱ)なくて少しウケる。

まぁ気持ちはめちゃくちゃわかるよ。

この景色が最高のスパイスになり、いつも以上に美味しく感じさせているんだろう。

それにしても、冷めたお弁当がこんなに美味しいのはちょっと驚き。

思いのほか体力を消費していたのかぺろりと平らげる俺たち。

その後、お茶で喉(のど)を潤すとベンチから立ち上がる。

「さて、じゃあ散策しようか」

「うん!」

それから俺たちは湿原の景色を眺めながら散策を楽しんだ。

スマホの電波が届かないため、連絡や通知を気にすることなく大自然を満喫。

目の前に広がる光景を写真に収めたり、通路の傍に咲いている花に目を奪われたり、すれ違う人たちと挨拶(あいさつ)や軽く言葉を交わしたり、普段は決して味わえない非日常を満喫する。

湿原は果てしなく広く、全（すべ）てを見て回るにはとても時間が足りない。

二時間ほど楽しんだ後、俺たちは宿に戻ることにした。

「……………」

「晃君、どうかした？」

「……なんだか少し名残惜しいな」

「なかなか来られるところじゃないしね」

湿原の入り口、ブナの原生林の前で振り返り湿原を見渡す。

「こういう気持ちを後ろ髪を引かれる思いっていうんだろうね」

「ああ……またいつか来たいな」

「晃君と一緒にいると、また行きたいと思うところが増えていく」

葵さんは懐かしむような瞳（ひとみ）を浮かべて口にする。

「卒業旅行で行った温泉も、みんなで行った海も、修学旅行を抜け出して行った嵐山も。これからもたくさん増えていくと思うと、本当にまた来られるかちょっと心配……」

「大丈夫」

俺はそう断言した。

「いつかまた、俺が必ず連れてくるよ。人生は長いしさ」

そう答えると葵さんは少し驚いた表情を浮かべる。

「それって……一生一緒にいてくれるってこと？」

「ああ、もちろん」

「嬉しい……」

葵さんは少し恥ずかしそうに頰（ほお）を染めた。

なんだかプロポーズみたいで俺も照れてしまう。

「ねぇ晃君、この景色をバックに写真撮らない？」

「いいね。誰（だれ）かにお願いして一緒に撮ってもらおう」

俺たちは近くにいた人に声を掛け、写真を撮って欲しいとお願いする。

快く引き受けてくれたその人にスマホを渡し、俺と葵さんは湿原をバックに肩を並べる。撮影後、お礼を伝えてからスマホを受け取ると、二人で顔を寄せて画面を覗き込む。

そこには大自然を背景に笑顔を浮かべる俺たちの姿があった。

「我ながらいい写真だと思う」

「いい思い出になったね」

「よし。帰ろうか」

「うん」

こうして俺たちは山奥の湿原を後にして帰路に就く。

また一つ二人の思い出を積み重ねたのだった。

＊

湿原を後にしてから二時間半後――。

宿に戻ってきた俺たちは、まず内湯で汗を流すことにした。

五月で標高も高く涼しい森の中とはいえ、あれだけ歩けば汗もかく。

歩いている時は気にならなかったが、宿に着いて上着を脱ぐとシャツは汗でびっしょり。不快なのもさることながら、地味に蓄積した疲労を取りたかったから。

「明日は筋肉痛かもしれないな……」

温泉に浸かり足を入念にマッサージ。

思っていた以上に疲れたが、どこか気持ちのよさも感じている。

少しだけトレッキングや登山にはまる人の気持ちがわかった気がした。

自分の足で山を登って行きついた先、広大な景色を目の当たりにした時の感動と心地よさすら感じる疲れは、他では決して味わえない達成感がある。

受験が終わったら葵さんと登山をしてみるのも悪くないかもな。

「さて、そろそろ上がるか……」

三十分ほど湯船に浸かり温まってから内湯を上がる。

もう少しゆっくりしていたいところだが間もなく夕食の時間。

入り口の前にある休憩スペースで椅子に座り、自動販売機で買ったコーヒー牛乳を飲みながら待っていると、しばらくして葵さんも内湯から上がってきた。

「待たせちゃってごめんね」

「俺も出たばかりだから大丈夫だよ」

俺たちは手を繋いで部屋へ向かう。

「食事後は星空観賞会があるんだってさ」

「星空観賞会?」

「観賞会といっても大袈裟なものじゃないんだけど、希望者は椅子と焚き火セットを貸してもらえるんだ。焚き火をしながら星空を眺めるイベントなんだけど、よかったらどう?」

「いいね。参加したい」

「じゃあ、夕食前にお願いしておこう」

その後、部屋に戻ってから準備を済ませて夕食へ。

受付で参加希望の旨を伝えてから食事処へ向かった。

＊

夕食を終えると、星空観賞会の会場へ向かった。

会場といっても宿の前にある川沿いのスペースだからすぐそこ。

玄関を出ると受付の人がいて、名前を告げると席へ案内してくれる。

暗闇（くらやみ）の中を歩きながら辺りを見渡すと、あちこちで薪の弾（はじ）ける音と共に焚き火の炎が揺らめいているのが目に留まった。

「お二人の席はこちらになります」

案内された場所は少し上流に上った場所にある開けたスペースだった。

他の参加者と適度に離れた場所にキャンプ用のリクライニングチェアが二つ、焚き火台と薪が置いてあり、焚き火台にはすでに薪と着火剤が並べられていて準備は万端。

焚き火の仕方について説明を受けた後、俺たちはさっそく薪に火をくべる。

火はすぐに薪へと移り炎となって辺りを明るく照らした。

「ちゃんとした焚き火をするのは初めてかも」

「私も……火を見てると落ち着くね」

時おりパチパチと心地よい音を立てて爆（は）ぜる薪と、風に揺らめく炎を眺めながら、川の流れる音と、どこからともなく聞こえてくる虫の音色に耳を傾ける。

空を見上げれば今にも落ちてきそうな満天の星が眼前に広がっていた。

「綺麗だね……」

「ああ……」

二人でチェアに身を沈めて星空を眺めながら会話を楽しむ。

しばらくすると、不意に葵さんが名残惜しそうに呟いた。

「明日の朝には、もう帰らないといけないんだね……」

「あっという間だったな……」

葵さんと一緒にいるといつも思うこと。

楽しい時間は言葉の通り――いや、言葉以上にあっという間に過ぎてしまう。

「受験前のいい息抜きになったし、帰ったら受験勉強を頑張らないとね」

「そうだな。お互いの未来と約束のためにも頑張らないとな」

「うん……」

受験の話題になり、ふと葵さんに聞こうとしていたことを思い出す。

この話を切り出すにはベストなタイミングだと思った。

「そう言えばさ、葵さんに一つ聞きたいことがあるんだ」

「なに？」

「葵さん、結局どこの大学を受けるの？」

前に聞いた時はいくつか候補があって検討中と言っていた。

俺の第一志望は伝えたが、それ以来聞いていなかった。

さすがにもう決まっていると思い聞いてみたんだが。

「えっとね……」

葵さんは少し困った様子で視線を泳がせる。

すると口元に指を立てて笑みを浮かべた。

「秘密」

「え……？」

なにやら含みを持たせた笑みだった。

「いつになったら教えてもらえるの？」

「合格したら教えてあげる」

「合格するまで秘密⁉」

「うん。そう」

なんて長期間に渡る焦らしプレイだろう。

葵さんの様子を窺う限り、しつこく聞いたところで教えてもらえるとも思えない。

泉や瑛士に聞いてみようかと思ったが、さすがにそれはフェアじゃない。俺に秘密にしているということは、二人にも言わないように頼んでいる可能性が高い。

あの二人は相手が俺だとしても口を割ることはないだろう。

ていうか、二人にも秘密にしているのかもな。

「都内の大学なのは間違いないんだよね？」

「うん。それは大丈夫だから安心して」

それなら一安心、また折を見て聞いてみよう。

となると、残る問題は一つ――。

「折を見て、お互いの親に一緒に暮らしたいって話さないとな」

ある意味、大学受験よりも高いハードルかもしれない。

大学に合格したら恋人と一緒に暮らしたいなんて普通は許されない。

大学生で同棲したいなんて、学業に支障が出るとか、社会人になって自立してからでも遅くないとか。運よく反対はされないとしても、なにかしら理由を付けてとめられるだろう。

なんて言えば許可してもらえるだろうかと考えていると。

「実はもう、おばあちゃんには話してあるの」

「え――？」

思いもよらない言葉に心臓が跳ねた。

「おばあちゃんはなんて……？」

「晃君とならいいよって」

「本当に⁉」

「都内の大学に行くって言った時は心配そうにしてたんだけど、晃君と一緒に暮らしたいって言ったら安心してた。晃君のこと、すごく信頼してるから」

「そっか……それならよかった」

驚きと安堵(あんど)のギャップに思わず全身の力が抜ける。

リクライニングチェアで横になっている時でよかった。

「お父さんには都内の大学に進学したいことは伝えたんだけど、晃君と一緒に暮らしたいことはまだお話ししてないの。電話じゃなくて、きちんと会って話したいと思って」

「お父さんにお願いする時は俺も立ち合うよ」

「本当？」

「ああ。そのあたりはちゃんとしたいからさ」

「ありがとう……」

よそ様のお嬢さんを預かるわけだから誠意は見せたい。

あとで時間をもらえないか連絡してみるか。


それから俺たちは星空と焚き火を眺めながら二日間の思い出を振り返った。

大自然の中の散歩は気持ちよかったとか、温泉が最高だから明日の朝も入ろうとか、食事も山の幸が多く健康的で美味しかったとか、高原湿原の景色は一生忘れられないとか。

一時間もすると薪も少なくなり、燃え尽きるまで星空を眺める。

楽しかった星空観賞会も終わりの時間が迫っていた。

「葵さん、そろそろ部屋に戻ろうか」

「………………」

声を掛けるけど返事がない。

「葵さん？」

「……あっ」

もう一度声を掛けると、葵さんはハッとした様子で身体を起こした。

「ごめんなさい。心地よくて少しウトウトしちゃった」

「こんな星空の下だし仕方ないさ」

俺たちは借りた物を返却してから宿の中へ。

「飲み物を買ってくるから先に部屋に戻ってて」

「うん。わかった」

部屋の鍵(かぎ)を渡し、俺は一人受付へ。

葵さんには申し訳ないが、飲み物を買うというのは実は嘘。

どうして嘘をついてまで葵さんを先に部屋に戻らせたかというと、決して悪意があるわけで

はない。むしろその逆で、ちょっとしたサプライズを用意しているから。

それは誕生日なら誰もが必ず行うイベントの一つ。

「すみません。お願いしていたものを受け取りにきました」

「はい。すぐご用意しますのでお待ちください」

受付の人が持ってきてくれたのは、二人で食べるのに適した小さめのホールケーキ。

それは予約後、宿に連絡してお願いしていたバースデーケーキだった。

「お待たせしました。気を付けてお持ちくださいね」

「ありがとうございます」

俺はケーキとロウソクを受け取り部屋へ戻る。

部屋の前でケーキにロウソクを刺して火をつけ、そっとドアを開ける。

葵さんに気づかれないようにゆっくりと部屋に上がると、部屋の入り口にあるスイッチを押して部屋の電気を落とした。

「え――？」

驚いた様子で声を上げる葵さん。

だけど、すぐになにが起きたのか気づいたんだろう。

俺は足元に気を付けながらテーブルの上にケーキを置き、葵さんの傍に腰を下ろす。

ロウソクの灯りに照らされる葵さんの顔は暗がりでもわかるほどに笑顔が溢（あふ）れていた。

「葵さん、お誕生日おめでとう」

「嬉しい……ありがとう」

葵さんが火を吹き消した後、部屋の明かりをつけ直す。

俺はバッグからプレゼントを取り出して葵さんに差し出した。

「これ、誕生日プレゼント」

「ありがとう。開けてもいい?」

「もちろん」

葵さんはリボンを解いて箱を開ける。

「可愛い……素敵なフォトフレームだね」

お気に召した様子で笑顔を見せてくれる葵さん。

「湿原でした話じゃないけど……これからも俺と葵さんは、二人で色々なところへ出掛けると思うし、たくさんの思い出を作っていくと思う。思い出を心の中やスマホの中にしまっておくのも悪くないけど、せっかくなら印刷して形に残したいと思ったんだ」

スマホさえあればいつどこでも写真を見られる今の時代。

わざわざ印刷するなんて手間だと思う人もいるだろうし、いずれ色褪せてしまうからデータで残しておく方がいいという人もいるだろうし、考え方は人それぞれあっていいと思う。

でも、離れて暮らす俺たちにとって形に残しておくことに意味があると思った。

いつでも会いたい時に会える、世の中の多くの恋人たちとは違う。

いつでもは会えないからこそ、印刷した写真が目に留まる度に想えるように。

「だから葵さんの分だけじゃなくて、俺の分も買ったんだよ」

「晃君もお揃いのフォトフレームを？」

葵さんはそっとフォトフレームを胸に抱く。

「それなら収める写真もお揃いにしようよ」

「そうだな。今回の旅行中に撮った写真から選ぼうか」

俺たちはケーキを食べながら二日間で撮った写真を見返す。

いつのまにこんなにたくさん撮っていたのかと驚きつつ、食べているケーキの甘さ以上に甘い雰囲気の写真もあって、自分たちのことながら見ていて照れる俺たち。

二人で『少し前までは手を繋ぐのも恥ずかしがってたのに』なんて、冗談を言い合いながら選んだのはお互いに同じ写真――湿原の帰りに並んで撮った一枚だった。

「改めて見ても素敵な写真だよな」

「帰ったら印刷して机の上に飾っておくね」

「なんならコンビニに寄って印刷して帰ろう」

写真を選び終えると、しばし誕生日の余韻に浸る俺たち。

気づけば時計の針は二十時半を過ぎていた。

「『……』」

夜も更け、そろそろ誕生日の終わりを意識する時間帯。

おのずと口数が少なくなり、二人の間に流れる空気の色が変わる。

お互いになにを考えているかなんて、今さら言葉にするまでもなかった。

「葵さん……」

静まり返った部屋の中、俺は葵さんの手に自分の手を重ねる。

すると葵さんは柔らかな笑みを浮かべ、答えるように手を握り返してくれる——それがもうどうしようもないくらいに同じ気持ちなんだという証拠に他ならない。

どちらからともなく寄せ合う身体と顔と顔。

唇が触れそうになった瞬間だった。

葵さんがそっと身を引いた。

「えっと……私、もう一度お風呂入ってこようかな」

「え……？」

葵さんから待ったが掛かって戸惑う俺。

ここにきてまさかのお預け⁉

「焚き火をしたから煙の臭いがついちゃってると思うし」

「そ、そうだな……じゃあ俺も入ろうかな」

「うん……ありがとう」

俺たちはタオルを手に部屋を後にする。

「お風呂から上がったら、お部屋で待ってて」

「ああ……わかった」

葵さんはそう言い残して内湯へ入っていった。

のれんを潜って中へ入り、脱衣所で浴衣を脱ぎながら思うこと。

——今度こそ、この時が来てしまった！

気持ちを落ち着かせようと深呼吸を繰り返すが、健全な男子高校生がこの状況に冷静でいられるはずもなく、落ち着こうと思えば思うほどに心臓が激しくバクついていく。

これでもかと言わんばかりに入念に身体を洗ってから湯船に浸かった。

「ヤバい……手が震える」

あまりにも緊張しすぎていて頭が働かない。

いや、ここまで来たら頭で考えても始まらないだろう。

お互いの想いは一緒なんだから、あとはもうなるようになれ。

「……よし！」

焦るあまり早々に湯船から上がろうとしたが、いや、ちょっと待てよ。

女性は一般的に男性よりもお風呂が長いから、あまり早く上がると部屋で待っている時間が長くなって余計に緊張してしまいそう。

少し長風呂をするくらいがタイミング的にはちょうどいい気がする。

とはいえ、このままだと温泉の熱さと興奮でのぼせてしまいそうだから、湯船の縁に座って時間を潰す。なんならシャワーで頭から冷水を被ってみるが全然落ち着かない。

「そろそろかな……」

なんだかんだ三十分後、いい頃合いだろうと思い内湯を上がり部屋へ向かう。

火照る身体を冷ましながら戻ると、寝室の小さな明かりがついていた。

葵さんは先に戻っていたらしくベッドで横になっている。

「葵さん……」

ベッドの端に腰を掛けて優しく声を掛ける。

だけど葵さんから返事はなかった。

「……葵さん？」

もう一度声を掛けても返事はなく、不思議に思い顔を覗き込む。

すると葵さんは穏やかな表情で小さく呼吸を繰り返していた。

「ね、寝てる……？」

GA文庫

ジーエーえくすぷろ～らぁ

GA EXPLORER

2024年4月

April No.219

イラスト：中西達哉／緋月ひぐれ／秋乃える／塩こうじ／木なこ

https://ga.sbcr.jp/

ハズレギフト「下限突破」で俺はゼロ以下のステータスで最強を目指す

～弟が授かった「上限突破」より俺のギフトの方がどう考えてもヤバすぎる件～

著▼天宮暁
イラスト▼中西達哉

「下に突き抜けてどうすんだよ!?」

双子の貴族令息ゼオンとシオン。

弟のシオンは勇者へと至る最強ギフト『上限突破』に目覚めた。

一方、兄ゼオンが授かったのは正体不明のハズレギフト『下限突破』。

役に立たない謎の能力と思いきや、

「待てよ？　これってとんでもないぶっ壊れ性能なんじゃないか……？」

パラメータの0を下回れる。その真の活用法に気がついた時、ゼオンの頭脳に無数の戦術が広がりだす。

下限を突破＝実質無限で超最強!!

さぁ、ステータスもアイテムも底なしに使い放題で自由な大冒険へ!

最弱ギフトで最強へと至る、逆転の無双冒険ファンタジー!!

それはもう熟睡といっていいほどに深い眠りについている葵さん。

なにやら素敵な夢を見ているのか、寝ながら笑みを浮かべていた。

「……そりゃそうだよな」

緊張が解けて全身から力が抜けていく。

日中にあれだけ歩いたんだから疲れて眠くなって当然だし、むしろ、よくこの時間まで起きていてくれたなと思う。きっと眠いのを我慢して起きていてくれたんだろう。

なんだか残念なような、ほっとしたような複雑な気持ち。

いや、ぶっちゃけ残念な気持ちの方が勝っている。

まぁでも、焦る必要はないよな。

「おやすみ……」

俺は葵さんの頭を撫で、布団を掛け直してあげてからベランダに足を運ぶ。

この興奮を冷まさないと、とてもじゃないが寝られる気がしない。

夜風に当たりながらスマホを手にしてふと思い出す。

「そうだ……葵さんのお父さんに連絡してみるか」

時間はまだ二十一時過ぎだから連絡しても失礼ではないだろう。

俺は『葵さんとのことで相談したいことがあります』とメッセージを送る。

返事は明日だろうと思っていると、すぐにメッセージが返ってきてびっくり。

一通りメッセージのやり取りを終えた後、そろそろ寝ようと思ってベッドに横になったものの興奮冷めやらず、眠りに就いたのは日を跨いだ頃だった。

第五話　誕生日旅行三日目

「ごめんなさい！」

翌朝、葵（あおい）さんの悲痛な声が部屋に響いていた。

「本当にごめんなさい……少し横になっただけで寝ちゃうなんて」

起きてすぐは状況を理解できなかったのか、寝ぼけ眼で首を傾げる葵さん。

しばらくしてハッとした表情を浮かべると、ベッドの上で正座しながら頭を下げた。申し訳なさそうな悲しそうな残念そうな、今にも泣き出しそうな顔で謝り続けて今に至る。

「そんなに謝らなくて大丈夫だって」

「で、でもぉ……」

「疲れていたんだから仕方ないさ」

「ううぅ……」

どれだけ言葉を掛けても葵さんの眉（まゆ）は下がりっぱなし。

今にも泣き出しそうどころか目じりに涙が溜（た）まっていた。

「事前に伝えもせずにトレッキングに連れて行った俺（おれ）にも責任はあるしさ」

「でも私たち、いつでも会えるわけじゃないし、次はいつ会えるかもわからないし……なのに寝ちゃって……晃君だって、そのつもりで期待してくれてたでしょ？」

「まぁ……うん。それはそうだけど」

正直に伝えると葵さんは『ああん……！』と叫びながら枕を被る。

こんなに取り乱した葵さんを見るのは初めてのこと。

葵さんには申し訳ないけどちょっと可愛い。

「私もそう……やっと晃君とって期待してたし、だから卒業旅行の時に泉さんがプレゼントしてくれた、晃君が選んでくれた下着も初めて着けて準備してたのに……！」

恥ずかしさも忘れるほど取り乱しているせいだろうか？

いつもは照れて言わないようなことまで赤裸々に語る葵さん。

それはさておき、聞き捨てならない台詞が聞こえたような気がする。

胸元には寝起きではだけた浴衣の隙間から覗く淡い青色の下着がチラリ。


――やっぱり、あの時の下着ですか⁉


もしかしたら着けてくれているかもしれないと期待していたんだよね！

泉に葵さんへのプレゼント選びを手伝ってもらう交換条件として、泉から葵さんへのプレゼ

ントを代わりに選ぶように頼まれて決めた青色の紫陽花柄の下着。

着けているところを見られず残念に思っていたんだが、かく言う俺も泉と瑛士から貰った高級なボクサーパンツを穿いて準備していたのは秘密にしておきたい。

考えることは一緒だと思うと恋人同士らしくて微笑ましい。

……どっちも出番はなかったけどな。

「葵さん、顔を上げてよ」

隣に腰を下ろして身を寄せる。

すると上目遣いで俺の顔を見上げてきた。

「この際だから俺も正直に言うけど、残念には思ってる」

半泣きで絶望的な表情を浮かべる葵さん。

そんな葵さんに『でも――』と続けて言葉を掛ける。

「これまでも何度か機会があったのに断っていたのは俺の方だし、むしろ謝らないといけないのは俺の方。だから、ようやく同じ気持ちになれただけでも嬉しいんだ」

「晃君……」

事には至れなかったとはいえ気持ちが通じ合えた。

その事実だけで今はもう幸せで胸がいっぱいだった。

「葵さんの言う通り、次の機会がいつになるかわからないけど焦らなくていいと思う」

「本当……？」

「一生一緒にいるって約束したろ？」

昨日、湿原で交わした約束を口にする。

「うん……ありがとう」

ようやく安心したのか、葵さんは笑顔を見せてくれる。

すると俺に身を預けるようにもたれ掛かってきた。

「でも晃君、我慢してない？」

「それは、まぁ……俺も健全な男子高校生だし」

「まだ時間はあるし、もしよかったら今からでも――」

話はついたと思いきや妙に諦めが悪い葵さん。

そう言いながら浴衣の帯を引こうとする手をとめる。

「本当に大丈夫だから。それにほら、さすがに明るいと恥ずかしくない？」

「……うん。恥ずかしいかも」

葵さんはハッとした表情を浮かべると湯気が出そうなほど顔を赤くする。

ようやく冷静になってくれたようで、俺も色々な意味で一安心。

朝からこれ以上興奮するとマジで我慢できなくなりそう。

「さぁ、朝食を食べにいこう」

「うん」

気を取り直し、身支度を整えて食事処へと向かう。

改めて、いつか来るその日を楽しみにしていようと思った。

朝食後、帰り支度を済ませた俺たちは九時過ぎに宿を後にした。

来る時は遊歩道を歩いてきたが、帰りは宿のバスで送ってもらうことに。

昨晩ぐっすり寝たおかげで体力的には元気なんだが、二日間あれだけ歩き回ったせいで足の疲労だけが半端なく、さすがに駐車場までの一時間半を歩き抜ける自信がない。

俺たちの様子を察してか、宿の方が『バスで送ります』と申し出てくれた。

本当は帰りも駐車場まで歩く予定だったが、ご厚意に甘えることに。

二人で旅の思い出を振り返りながら帰路に就いたのだった。

*

バスと電車を乗り継いで帰ってきたのは十三時過ぎ——。

その足で俺と葵さんはアルバイト先だった喫茶店へ向かう。

到着してドアを開けると、いつもの席に泉と瑛士の姿があった。

「二人とも、こっちこっち♪」

相変わらず元気いっぱいの泉は他のお客さんの目も憚らず手を振っている。

テーブルの上のグラスが空いているのを見る限り早めに着いていた様子。

「俺は店長にお土産を渡してくるから先に行ってて」

「うん。そうするね」

葵さんにそう伝えてから店長のもとへ。

「店長、これお土産です」

「わざわざ悪いね。遠慮なくいただくよ」

ちなみに買ってきたのは宿の売店で売っていた味噌と湯葉のセット。

喫茶店向きのお土産ではないが、宿で仲居さんに尋ねたところ売店で売っているとのことで迷わず買ってきた。

ちなみに俺も葵さんも家族へのお土産は同じ物を購入。

「アイスコーヒーとアイスティーをお願いできますか？」

「最初の一杯は私からのおごりにしておくよ」

「ありがとうございます」

店長に挨拶を済ませてみんなの待つ席へ向かう。

「待たせたな。これ、二人にもお土産」

もちろん泉と瑛士にも買ってきた。

「僕らの分まで悪いね」

「ありがとう――って、これ湯葉じゃん⁉」

泉は袋から中身を取り出すと歓喜の声を上げた。

「そっか、あの辺りは湯葉が名産だもんね！」

「ずいぶん前に泉が湯葉にハマってたのを思い出してさ。宿の朝食で食べた湯葉がすごく美味しかったから、泉へのお土産はこれで決まりだと思って買ってきたんだよ」

「久しぶりに食べたいと思ってたんだよね。ありがとう！」

泉は上機嫌でお土産をバッグにしまう。

やはりこれにして大正解だった。

「それで、宿はどうだった？」

喜ぶ泉を横目に席に着くと瑛士が尋ねてきた。

「なにもかも最高だったよ。な、葵さん」

「うん。おかげで素敵なお誕生日になった」

「紹介してくれた泉には本当に感謝してるよ」

「でしょ～って言いたいところだけど、わたしたちはまだ行ってないんだけどね」

「ぜひ参考にしたいから、どんな感じだったか教えてもらえるかい？」

「ああ、もちろん――」


それから俺と葵さんは二人に旅行中のことを詳しく話した。

歴史を感じさせる趣のある建物と、大自然の中で過ごす『なにもない』贅沢な時間。

やわらかな泉質の温泉と、山の幸をふんだんに使った食事。高原湿原の絶景と、心落ち着く火の揺らめきに、今にも落ちてきそうな星々が望める星空観賞会。

葵さんは本当に旅行を楽しんでくれたんだろう。

ほとんどの説明を葵さんがしてくれて、俺はその隣で頷きながら相槌を打つ程度。たまに感想を求められて答えるだけで、葵さんの笑顔を隣で見つめながら話を聞いていた。

心から楽しいと思っている話は相手にも伝わるもので。


「いいな～。わたしたちも行きたくなってきちゃったよ」

説明を終えると、泉が羨ましそうに声を漏らした。

「受験が終わったら合格祝いに二人で行けばいい」

「それいいかも。瑛士君、そうしよ♪」

「そうだね」

せっかく受験の話題が出たからもう一つ。

「そう言えばさ、二人は結局どこの大学を受けるんだ？」

「晃にはまだ言ってなかったね。僕と泉も都内の大学を第一志望にしたよ」

「本当か――⁉」

喜びのあまり大きな声を上げて身を乗り出す。

驚いた周りのお客さんから視線を向けられ、気まずさを覚えながら頭を下げる。思わずやらかしてしまったが、今は恥ずかしさよりも嬉しさの方が勝る。

軽く咳払いをしながら椅子に座り直した。

「そっか……また四人一緒にいられるんだな」

俺たちの関係は転校してからもなに一つ変わらないし、大学進学で離れ離れになったとしても変わらない。

それでも俺は、心のどこかで寂しさを感じていたのも事実。仮に何年も会えなかったとしても変わることはないだろう。

また一緒にいられると思うと嬉しくてたまらなかった。

「みんなで合格できるといいね……」

俺の気持ちを察してくれたんだろう。

葵さんが優しく手を握り締めてくれた。

「そうだな。今以上に勉強を頑張らないと」

俺も応えるように葵さんの手を握り返した。

「晃君だけ浪人生なんてことにならないようにしてよね～」

「……なんで俺だけ心配されてるんだ？」

泉に軽口を叩かれて突っ込むやり取りも懐かしい。

瑛士も葵さんもそんな俺たちのやり取りを見て笑っていた。

「そんな冗談は置いといて、そろそろ葵さんのお誕生日会を始めたいところなんだけど」

「なんだけど、どうかしたのか？」

「晃君、今日って何時頃まで大丈夫な感じ？」

ああ、そうか。

みんなに言っておかないとな。

「時間なら気にしなくて大丈夫だよ」

「どういうこと？」

「実は帰るの、明日になったんだ」

「え――？」

誰よりも早く疑問の声を上げたのは葵さんだった。

まさに寝耳に水といった感じで目を丸くする。

「実は明日、葵さんのお父さんと会う約束をしてるんだ」

「お父さんと――？」

「昨日、葵さんが先に寝た後、お父さんに話したいことがあるって連絡したんだよ。星空観賞会の時に、そろそろお互いの親に相談しないとなって話したろ？　それで連絡したら明日は空いてるらしくて、急な話だけど時間をもらったんだ」

「そうだったんだ」

　葵さんは驚きながらも嬉しそうな様子。

「朝起きたら話そうって思ったんだけど……ほら」

「あ……うん。そうだよね」

　お互いに朝の気まずい出来事を思い出す。

　結局あれから言いそびれて今に至ってしまった。

「葵さんが先に寝て……？」

　すると泉がなにかを察した感じでポツリと漏らす。

　普通の人なら気にも留めない会話だろうけど察しのいい泉なら話は別。

　泉は『嘘でしょ……？』と言わんばかり、哀れみにも似た視線を向けてくる。

　言わんとしていることを察して首を横に振ると、泉はなんとも言えない表情を浮かべ『いつになったら出番がくるんだろうねぇ……』と小さな声で呟いた。

　……俺だって早く使ってやりたいよ。

「「はぁ……」」

思わず揃って溜め息を吐く俺と泉。

「二人ともどうしたの？」

「いや、なんでもないから気にしなくて大丈夫」

そんな俺たちを見て、葵さんは不思議そうに首を傾げていた。

「そんなわけだから、時間を気にせず葵さんの誕生日をお祝いしよう」

「オッケー♪　じゃあ店長、お願いしまーす！」

泉は気を取り直してカウンターの中の店長に声を掛ける。

すると店長がケーキを手にしてやってきた。

「改めて、葵さん誕生日おめでとう！」

「ありがとう！」

こうして俺たちは葵さんのお誕生日会を始めた。


その後、俺たちは閉店まで葵さんの誕生日をお祝いした。

久しぶりにこの四人で、今だけは受験のことを忘れて楽しいひと時を過ごす。

みんなでケーキを食べて、泉と瑛士が葵さんにプレゼントを渡し、なぜか俺までプレゼントを貰ったんだが袋を開けてびっくり、中身は前に貰った高級なブランドのボクサーパンツ。

泉曰く、今回の旅行で一着目を使用すると思い二着目を用意してくれたらしい。

ご期待に沿えず申し訳ないが、いつかの出番のために大切にしまっておこう。

これが四人で過ごす受験前最後の時間になったのだった。

＊

すっかり日も暮れた二十時過ぎ――。

「急な話なのに、お邪魔していいのかな？」

俺は葵さんと一緒に電車に揺られていた。

「気にしないで。おばあちゃんも喜んでるから」

そんなわけで、向かっているのは葵さんが暮らしている祖母の家。

というのも、今夜は葵さんの祖母の家に泊めてもらうことになったから。

明日は葵さんの父親と会う約束をしているため、どこかに泊まらないといけない。

当日にホテルの予約を取るのは親の許諾を含めて難しいと思い、瑛士の家に泊めてもらえないか頼むつもりだったんだが、葵さんが祖母に頼んで泊めてもらえることになった。

「私ももう少し晃君と一緒にいられて嬉しいし」

「俺も葵さんと一緒にいられて嬉しいよ」

ちなみに葵さんの父親と会う場所は今日と同じ喫茶店。

父親が住んでいる街は、俺と葵さんの住む街の中間辺りにあるから二人で伺おうと思ったんだが、父親がこちらまで来てくれると言うのでお言葉に甘えることにした。

そうこうしているうちに電車は最寄り駅に到着。

久しぶりに目にする景色に懐かしさを覚えながら夜道を歩く。

他愛のない会話を楽しみながら歩いていると、道の先にコンビニの明かりを見つけた。

去年の夏休み、葵さんに会いに来た時も見かけた村で唯一のコンビニで、小さな村とはいえ一軒だけだから利用する人が多く、もう二十二時近いのに駐車場は車でいっぱい。

いや、この時間だから仕事帰りの人で混むのかもしれない。

それはさておき、ふと昨日の会話を思い出す。

「フォトフレームに飾る写真を印刷していこうか」

「そうだね。そうしよ」

俺たちは寄り道してコンビニへ。

マルチコピー機の前に立ってスマホを取り出す。

「改めて見ると、たくさん写真を撮ってたんだね」

「軽く見ただけでも百枚はありそうだな」

アルバム内には思っていた以上の枚数があって少し驚き。

その中から湿原の入り口で撮ったツーショットの写真を選択し、コピー機にデータを転送して二枚プリントアウト。ついでに他にも気に入った写真を数枚追加する。

すぐに印刷が終わり二人で写真を眺める。

「こうして印刷してみるとスマホで見るのとは違ったよさがあるな」

「私、印刷した写真の方が好きかもしれない」

今はスマホがあるから気軽に写真が撮れるし保存も楽。

いつでも見たい時に見られるし、簡単に友達や家族と共有できる。

自動でバックアップしてくれるから無くす心配もないし、データだから色褪せてしまう心配もない。誰もが便利だと思うだろうけど、印刷した写真にも紙のよさはある。

俺も印刷した紙の質感が好きなんだよな。

「帰ったらさっそくお部屋に飾るね」

「ああ。俺も帰ったら飾るよ」

そう答えると葵さんは満足そうに笑みを浮かべた。

「飲み物も買って帰ろうか」

「そうだね」

その後、適当に買い物を済ませた俺たちは家路を急ぐ。

しばらくして葵さんの家に着くと、祖母が玄関の前で待っていてくれた。

待っていてくれたというよりも……気のせいだろうか？

よく見ると足元には大きめの荷物が置いてあるし、服装も余所行き(よそ)の格好だし、出迎えてくれたというよりも出掛けるような装いに見えるんだけど。

「おばあちゃん、ただいま」

「おかえりなさい。晃さんも遠いところよくいらっしゃいました」

「急なお願いなのに泊めていただいて、本当にありがとうございます」

「お礼なんていいんですよ。晃さんならいつでも大歓迎です。大したおもてなしもできませんし狭い家ですけど、自分の家だと思ってゆっくりなさってください」

祖母は丁寧な口調でそう言うと。

「では、あとは若い二人だけでごゆっくり」

「え――?」

祖母は含みのある笑みを浮かべると、お見合いをセッティングしまくる田舎の世話焼きおばちゃんよろしくお決まりの台詞を口にしてから荷物片手に去っていく。

「ちょ、おばあちゃん――!?」

呼びとめようと伸ばした右手が空を切る。

そんな間もなく祖母は家を後にした。

「「…………」」

状況が呑(の)み込めずに無言になる俺たち。

だが、すぐに祖母の言葉の意味を理解した。

まさにデジャブ――こんな展開は初めてじゃない。

「えっと……おばあちゃん、また気を遣ってくれたのかな？」

去年の夏休み、この家に泊めてもらった時のことが頭をよぎる。

俺と葵さんが付き合っていないことを知って驚いた祖母は、俺たちの仲を進展させようと葵さんがお風呂(ふろ)に入っている間に『ちょっとお友達の家に行こうと思って』と言い残して出て行ったきり、俺が滞在していた三週間、一度も帰ってこなかった。

その節は大変ありがとうございました。

「実は……おばあちゃんが気を遣ってくれただけじゃないの」

「どういうこと？」

すると葵さんが俯(うつむ)き加減で言葉を漏らす。

視線を向けると顔はもちろん耳まで真っ赤(まか)にしていた。

「おばあちゃんが『家を空けようか？』って言ってくれたから……私から『そうしてくれると嬉しいな』ってお願いしたの。そうすれば、昨夜の続きができるかなと思って」

「昨夜の続き――⁉」

まさかの告白に心臓が跳ねた。

「それって、つまり……」

「晃君さえよかったら……どう？」

この展開は予想してなかった！

「えっと……」

驚きのあまり言葉が上手(うま)く口から出てこない。

今回はもう無理だと完全に諦めていたから、今になって訪れたチャンスこと夜のアディショナルタイムを前に、驚きと共に沸き上がる煩悩(ぼんのう)がプラスされて感情が交錯している。

どうする……？

いや、どうするもなにも迷う必要なんてない。

——今晩、この家には俺と葵さんの二人きり。

図らずも自分の唾を飲む音が喉(のど)の奥で響く。

田舎だから隣の家とも離れていて周りを気にする必要もないし、なにより、ここまでお膳立てしてもらっているのに断るような真似をするほど俺はヘタレた男じゃない。

返事代わりに葵さんの手を握ると、応えるように握り返してくれた。

お互いの手から想(おも)いと覚悟が伝わる。

「とりあえず家に入ろっか……」

「ああ。そうだな……」

家に上がり、俺は以前と同じ部屋を使わせてもらうことに。

部屋に向かい戸を開けると、すでに一組の布団に枕が二つ並べられていた。

「おばあちゃん……」

「ははっ……」

まさかの光景に困惑する俺と葵さん。

おばあちゃん、準備がよすぎるだろ……なんて思いつつ、これなら後から『どっちの部屋でする？』なんて、直前になって気まずい会話をする必要がなくて正直助かる。

「お風呂、晃君が先に入って」

「俺は後でいいから、葵さんこそ先に入りなよ」

家主を差し置いて先にいただくのは気が引けると思ったんだが。

「私、また先に寝ちゃったら困るし」

「そっか。じゃあ、先にいただこうかな」

俺は荷物の中から着替えを取り出し、タオルを借りてお風呂へ向かう。

シャワーを浴びようと服を脱いでお風呂場へ足を踏み入れると、ばっちり沸きたてのお湯が張られていた。ここまで準備がよすぎると驚きを超えてちょっと怖い。

とはいえ、心の洗濯というだけあって気持ちを落ち着けるにはお風呂が一番。

葵さんの祖母に感謝しつつ、身体を洗ってから湯船に浸かると少しだけ落ち着いた。

「ついに葵さんと……思えばこれまで色々あったな」

思わず感慨深い気持ちが込み上げてきたが、物思いに耽るには少し早い。

それはこの後、葵さんと一夜を共に過ごした後にすればいい。

しっかり温まってからお風呂を上がり居間へ向かう。

「葵さん、お風呂どうぞ」

「うん。じゃあ……私も入ってくるね」

葵さんを見送ってから部屋へ戻る。

「さて……どうするか」

こういう時はベタだけど先に布団に入って待っている方がいいだろう。

事が始まってから慌てないよう、泉から貰った例の物を鞄の中から出しておく。

「これ、どこに置いておけばいいんだ？」

さすがに見えるところに置いておくのは露骨すぎる。

今さら気にする必要もないかと思いつつ、でも雰囲気は大切にしたい。

枕の隣に置いてみたり、布団の外に置いてみたり、手の届く範囲にあちこち置いてみたけどしっくりこない……こういう時、世の男性諸君はどうしているんだろうか？

スマホで調べてみると枕の下というアドバイスが目に付いた。

「……なるほど！」

かつてこのイベントを経験した先人たちの知恵に感謝しながら枕の下に忍ばせる。

あとは恥ずかしくないように部屋の電気を消すと、暗すぎるかもしれないと思いきやカーテンの隙間から差し込む月明かりがちょうどよく、思いのほかいい雰囲気に包まれた。

「よし……あとは葵さんが出てくるのを待つだけだな」

準備を終え、布団に入って葵さんが来るのを待つ。


だけど……横になったのが大失敗だった。

俺は知らぬ間に深い眠りに落ち、気づいたら辺りは明るくなっていた。

第六話　父親への挨拶

「ごめんなさい！」

翌朝、俺の謝罪の言葉が部屋に響いていた。

「本当にごめん……まさか待ってる間に寝てしまうなんて」

起きた直後、なにが起きたか理解できずに思わず思考が停止。

布団に横になったところまでの記憶はあるが、気づけば明るい部屋の中。

状況を確認しようと辺りを見渡すと、隣でスヤスヤと寝息を立てる葵さんの可愛らしい寝顔が目に留まり、ようやく自分がやらかしたと理解した直後に葵さんは目を覚ました。

葵さん曰く『晃君が気持ちよさそうに寝てたから、起こしちゃ可哀想だと思って一緒に寝ちゃった』とのこと……いやいや、そこは叩き起こしてくれてよかったのに！

申し訳ない気持ちと残念な気持ちが混ざりあって心中は複雑の極み。

今までの人生で断然トップの後悔に吐き気すら込み上げる。

「そんなに謝らなくて大丈夫だから」

「でも……」

「晃君も疲れてたんだよね」

「ううぅ……」

そんなに優しい言葉を掛けられると涙が出そう。

昨日の朝の葵さんもこんな気持ちだったんだろうな。

「せっかく葵さんが、おばあちゃんに頼んでくれたのに……」

「本当に気にしないで。一昨日は私が先に寝ちゃったし、それに晃君の可愛い寝顔が見られたから、ちょっと残念な気持ちはあるけど得した気分だから」

そう言ってもらっても気分は晴れない。

一昨日の夜、興奮冷めやらず夜更かしをしたせいだろう。

葵さんの父親と連絡が済んだ後、なんとしてでも早く寝るんだった。

「本当にごめん……埋め合わせをすればいいって話じゃないのはわかってるけど、お詫びになにかできることがあれば言って欲しい。なんでもするからさ」

そうでもしないと俺の気が収まらないと察してくれたんだろう。

葵さんは悩ましそうな表情をした後、閃（ひらめ）いた様子で笑みを浮かべる。

するとどうしてか、俺に向かって両手を広げた。

「じゃあ、代わりにぎゅってして」

なんとも可愛らしくハグを求められた。

「そのくらいで許してもらえるなら何度でもするけど……」

それはお詫びというか、むしろご褒美なのでは……？

葵さんに身を寄せ、両手を背中に回して抱き寄せる。

「晃君、心臓の音が早いね」

「……ちょっと緊張してるからかも」

「こうして抱き合うのって初めてだもんね」

確かに、それとなく抱き合うことはあったかもしれないが、こうしてきちんと抱き合うのは初めてかもしれない。

「こうしてるだけで幸せ……」

朝日の差し込む部屋の中、お互いの温もりを感じながら抱き締め合う。

確かに二日連続で事には至れなかったのは悲しいが、葵さんの言う通り抱き合っているだけで幸せを感じられるのは、深いところで心が通じ合えているからだと思った。

よく『身体の繋がりよりも心の繋がりが大切』なんて耳にする。

心の底からその通りだと思った。

「晃君」

「なに？」

「私……抱き締めてもらうの好きかもしれない」

「俺も……好きかも」

「じゃあ、またお願いしてもいい？」

「もちろん」

そんな話をした後もずっと離れようとしない俺たち。

とはいえ、いつまでもこうしているわけにもいかず名残惜しそうにしていると、まるでタイムリミットとでも言わんばかりにスマホから起床時間のアラームが鳴り響いた。

……切っておけばよかった。

「朝ご飯にしよっか」

「そうだな」

そっと身体を離して気持ちを切り替える。

次の機会は受験後だろうけど、それまで楽しみに頑張ろう。

「すぐに作るから待ってて」

「いや、俺も一緒に作るよ」

葵さんは遠慮するけどここは引かない。

「実は葵さんと一緒に料理してみたかったんだ」

「じゃあ、お願いしようかな」

俺たちは顔を洗い、着替えを済ませてキッチンへ向かう。

エプロンを身に着けると二人並んで台所に立ち料理を始めた。

「とりあえず俺はなにをすればいいかな？」

「私はお味噌汁作るから、晃君はお米を研いでもらっていい？」

「了解。任せておいて」

「朝食だし、あまり凝ったものを作らなくていいと思うから二人でおかずを一品ずつ作る感じにしよっか。あとはおばあちゃん自家製のお漬物もあるから一緒に食べよ」

「わかった。そうしよう」

そんな感じでおかずを一品ずつ作ることに。

お米を研いで炊飯器にセットした後、冷蔵庫の中を眺めながらなにを作るか考える。

朝から味の濃いものを食べるのは胃が重たいし、軽めの方がいいだろう。葵さんと作るものが被（かぶ）らないように聞いてみると、葵さんは出汁巻き卵を作るとのこと。

となると……やっぱり合わせるなら魚だよな。

「……よし」

俺は冷蔵庫の中にあった鯖の切り身、それと大根と大葉を一緒に取り出す。

まずは鯖の切り身の腹骨をすいて中骨を取った後、塩を振ってしばらく放置。こうすると浸透圧で余計な水分が出てくると共に臭みも抜けてぐっと味がよくなる。

待っている間に大根をすりおろして十分後、キッチンペーパーで水分を拭き取ってからお酒で洗うと表面のぬめりが取れ、さらに臭みが軽減される。

前もって温めておいたグリルに入れて身をふっくらと焼き上げた後、お皿に載せて大葉を敷き、その上に大根おろしを添えて醤油を垂らせば焼き鯖の完成。

皮がパリッとしていて我ながら絶妙な焼き加減だった。

「葵さん、こっちはできたよ」

俺の隣で葵さんはフライパンを返しながら出汁巻き卵を巻いていく。

まるで卵が宙を舞うような見事な手つきに思わず見惚(みと)れた。

「葵さん、めちゃくちゃ上手だな」

「出汁巻き卵はちょっと自信あるんだ」

俺は焼き鯖とお漬物、ごはんとお味噌汁もよそって運んでおく。

少しすると葵さんが作り立ての出汁巻き卵を持って居間へやってきた。

「よし。食べようか」

「うん」

葵さんはエプロンを外して向かいに腰を掛ける。

「「いただきます」」

作り立ての朝食を前に手を合わせると、葵さんは最初に焼き鯖に箸をつける。

丁寧に身をほぐすと、落とさないように左手を添えて口に運んだ。

「うん。美味しい！」

葵さんの表情がパッと咲く。

「皮がパリッとしてて、身はふっくらしてて、臭みも全然なくてすごく美味しい」

「塩焼きと迷ったけど、大根おろしと醤油で食べるのもいい感じだな」

葵さんの感想もさることながら、我ながら美味しく作れて嬉しい。

「じゃあ、出汁巻き卵をいただこうかな」

「うん。美味しくできてるといいけど」

少し緊張した様子を見せる葵さんの前で出汁巻き卵を口に運ぶ。

ふんわりとした食感と共に出汁の味わいがいっぱいに広がった直後。

卵の中になにかが入っていることに気が付いた。

この独特の味と粘り気のある食感はもしかして。

「ん？　これは……」

「これ、納豆が入ってる？」

「意外と合うでしょ？」

やはり中に入っていたのは納豆だった。

それと、僅かに香ばしい匂いがするのはサラダ油の代わりにごま油を引いて焼き上げたからだろう。美味しさもさることながら、朝から食欲をそそる香りに箸が進む。

「納豆入りは初めて食べたけど美味しいな」

「おばあちゃんに教えてもらったの」

もちろん味だけではなく見た目にも美しい。

簡単そうに見えて綺麗に巻くのが難しい出汁巻き卵だが、中までむらなく火が通っているのを見る限り、葵さんの料理の腕前が前よりも上がっているなによりの証拠だろう。

焼き鯖用の大根おろしで食べるとさっぱりした味わいで二度美味しい。

「毎日食べたいくらいだよ」

「本当？　よかった……」

胸をなで下ろす葵さんを見つめながら、ふと思った。

「同棲を始めたら、こんな感じなのかな？」

「……そうだね。きっとそうだと思う」

まるで同棲前の予行演習をしているみたいで楽しい。

「前は俺が料理を担当して葵さんに掃除をお願いしてたけど、同棲を始めたら家事の分担を相談しないとな。俺が料理を担当してもいいけど、葵さんの手料理も食べたいし」

「それなら日替わりで交代にするとか、時間が合えば一緒に作るとか？」

「それはいいかも」

俺たちは同棲後の生活を色々と想像しながら朝食を楽しむ。

そう遠くない未来の話をするのは楽しくて仕方がなかった。

＊

朝食後、俺たちは準備を済ませてから家を後にした。

葵さんの父親との待ち合わせは十二時頃に昨日と同じ喫茶店。

せっかくなら三人で食事をしながら話をしようということで、駅の近くでいい感じのお店も探してみたんだが、ここ以上に落ち着いて話ができる場所が見つからなかった。

ここはランチも美味しいから知らないお店に行くより間違いない。

「お父さん、そろそろ着くって」

「わかった」

早めに着いて待っていると、葵さんがスマホを手にそう言った。

近くの駐車場に車を停めたらしく数分もすれば到着するとのこと。

「ふう……」

不意に緊張が押し寄せてきて息を漏らす。

葵さんの父親は俺たちの関係に理解を示してくれている。

葵さんのことは同居をしていた頃からよろしく頼まれていたし、葵さんが付き合い始めたことを伝えた時も、喜んでくれていたと聞いているから間違いないだろう。

でも、だからといって同棲を許可してもらえるかどうかは別の話。

住む家がなく同居するしかなかったあの頃とは状況が違う。

「晃君、大丈夫だよ」

俺が緊張していると察してくれたんだろう。

葵さんは俺の手をそっと握りながら優しく声を掛けてくれた。

「二人で正直に気持ちを伝えれば、きっと大丈夫」

二人で気持ちを伝えれば、か……。

そうだよな……こういう話は男の俺がきちんとしないといけないというか、けじめをつけないといけないことだと思っていたが、これは俺だけの問題ではなく俺たちの問題。

二人の未来の話なんだから、俺だけが頑張るのも違うんだろう。

葵さんの言葉にはいつもハッとさせられてばかり。

おかげで冷静さを取り戻せた気がした。

「葵さん、ありがとう」

お礼の言葉を口にした直後だった。

ドアが開きドアベルの音色が来客を告げる。

振り返ると、視線の先には葵さんの父親の姿があった。

「今日はお時間をいただいて、ありがとうございます」

席を立ち葵さんの父親を出迎える。

「こちらこそ連絡をくれてありがとう。元気にしていたかい？」

「はい。お父さんも元気そうでなによりです」

「葵も、変わらず元気にしていたかい？」

「うん。私もおばあちゃんも元気だよ」

再会の挨拶を済ませると父親は向かいの席に座り、続いて俺たちも腰を下ろす。

父親が店長にアイスコーヒーを頼んだ後、俺は世間話もほどほどに本題に入った。

「メッセージでも軽くお話をさせてもらいましたが、今日は俺たちの卒業後のことについて相談したくて、こうしてお時間をちょうだいしました」

「ぜひ聞かせて欲しい」

葵さんがテーブルの下で俺の手を握ってくれる。

それだけで先ほどまで感じていた緊張が消し飛んだ。

「葵さんが都内の大学を目指しているのはご存知だと思います」

「ああ。最初に聞いた時は少し驚いたけど応援してるよ」

「実は、俺も都内の大学を目指しているんです」

もしかしたら、この前振りで察したのかもしれない。

「お互いに大学に合格したら、また一緒に暮らしたいと思っています」

父親はあまり驚いた様子はなく落ち着いていた。

「お父さんからすれば、学業に支障があるんじゃないかと心配されるかもしれません。恋人同士とはいえ大学生で同棲したいなんて反対されると思います。でも学業は疎かにしませんし、節度のあるお付き合いを心がけるので許可をいただきたいんです」

「なるほどね……葵も同じ気持ちということでいいかな？」

「うん。晃君と同じ気持ち」

「そうか」

父親は店長が持ってきてくれたアイスコーヒーを口にする。

しばし沈黙が続いた後、父親はグラスをテーブルに置き。

「正直なところ、安心したよ」

言葉の通り安堵の表情を浮かべながらそう言った。

「葵から都内の大学に進学したいと聞いた時、応援しようと思う半面、見知らぬ土地で一人暮らしをすることを心配していたんだ。今のご時世、年頃の女の子の一人暮らしは危ないことも多いと聞く。晃君が一緒に暮らしてくれるなら、こんなに頼もしいことはない」

「じゃあ、許可していただけるんですか？」

そう尋ねると父親はゆっくりと頷いた。

「むしろ私からお願いしたいくらいだよ」

その言葉に思わず葵さんと顔を見合わせる。

「……ありがとうございます！」

「お父さん、ありがとう！」

喜びのあまり父親の前なのも忘れて手を取り合い喜ぶ俺たち。

「晃君、よかったね」

「ああ……本当によかった」

緊張が解けると共に身体から力が抜けて安堵の息が漏れた。

「ところで、話というのはそれだけかな？」

「すみません……わざわざ遠くまで来ていただいたのに数分で話が終わってしまって。こんなに簡単に許可をいただけるなんて思ってなかったので」

「それは別に構わないんだ。私も久しぶりに晃君と会いたいと思っていたからね。私が『それだけか』と聞いたのは、もっと先の話をされるのかと思っていたからなんだ」

「もっと先の話……」

父親は含みのある笑みを浮かべて見せる。

その意味を俺も葵さんも理解できないはずもない。

どうりで同棲したいと言った時にあまり驚かなかったはずだ。

「えっと、それは……いつかというか、いずれというか」

もちろん考えてはいるが、言葉の通りもっと未来の話ということで。

言葉を濁す俺を見て、葵さんの父親はとても穏やかな笑みを浮かべた。

「その時が来たら、今日ほど緊張しなくて大丈夫だから気軽に話して欲しい」

「お、お父さん、恥ずかしいからやめて……」

「ありがとうございます……」

まさか葵さんの父親にからかわれるなんて思ってもみない。

俺も葵さんも恥ずかしさのあまり顔を赤くせずにはいられなかった。


その後、俺たちは昼食を食べながら話をした。

色々な話に花を咲かせる中、話題の大半は受験について。

受験勉強の進捗を聞かれたり、進学先の学部について聞かれたり。

それと、葵さんの父親は仕事で都内にいたこともあるらしく『あの辺りに住めば大学に近くて通いやすいし、どこに出るにも交通の便がいい』とアドバイスをくれたりもした。

ただ気になったことが一つ――。

俺が受験する大学は教えていないのに、勧められた街が大学の近くだったこと。

まるで俺の受験先を知っているかのような口ぶりだったが、葵さんが教えたんだろうか？

まぁ無事に許可は貰(もら)えたし、細かいことは気にしないでおこう。

こうして俺たちは久しぶりの再会を楽しんだのだった。

＊

夕方、十六時を過ぎた頃――。

俺たちは喫茶店の前で葵さんの父親と別れの挨拶を交わしていた。

「じゃあ二人とも、また」

「はい。今日はありがとうございました」

「お父さん、ありがとう。また連絡するね」

去っていく背中を見送った後、俺たちも駅に向かって歩き出す。

「お父さんから許可がもらえてよかったね」

「本当、よかったよ……」

今になってどっと疲れが押し寄せてきた。

「もっとあれこれ聞かれると思って構えてたんだけどな」

「私は大丈夫だと思ってたから心配してなかったよ」

「そうなの？」

「お父さん、晃君のことすごく信頼してるから」

「そうだと嬉しいけどな」

「お父さんとお話しする時、いつも晃君の話題になるの。私から話す前にお父さんの方から『どうしてる？』って聞いてくるくらい。私たちのことを気にかけてくれてるんだと思う」

「そっか……ありがたいことだよな」

それなら俺も信頼に応えられるようにならないといけない。

それこそ未来のことも含め、色々な意味で責任が取れるように。

「あとは俺の両親に話をするだけか……」

正直、俺の父さんは葵さんの父親ほど簡単にはいかないと思っている。

葵さんを紹介した時は思っていたよりも感触がよかったが、さすがに同棲したいという話になると一筋縄ではいかないだろう……最悪、許可が貰えない可能性もある。

「私も一緒にお願いするよ」

そんな俺の心配が葵さんに伝わってしまったんだろう。

葵さんは少し不安そうな表情を浮かべて俺の顔を覗き込んだ。

「大丈夫。折を見て話すから心配しないで」

心配かけまいと精一杯の笑顔を作って言葉を返す。

「もし私も一緒にいた方がよかったら言ってね」

「ああ。ありがとう」

そんな話をしているうちに駅に着いた俺たち。

電車の時間を確認すると、お互いに間もなく発車時刻。

今日は見送りはなしにして改札の前で別れることにした。

「次に会えるのは試験後かな」

「そうだな。それまで一緒に頑張ろう」

「うん。頑張ろうね」

もう以前のように悲しみに表情を曇らせることはない。

こうして俺は葵さんと別れを済ませ帰路に就いたのだった。

＊

それから年末までは、言葉の通りあっという間だった。

お互いに受験勉強に明け暮れ、夏が過ぎて秋が来て、気づけばクリスマス。

受験生ということもあり、俺の誕生日とクリスマスは会わずに勉強を優先。誕生日に葵さんからプレゼントが送られてきて、クリスマスはお互いにプレゼントを贈り合った。

俺たちは約束を果たすため、会いたい気持ちを我慢して勉強に集中。

それはわかってはいるんだが……最後に会ってから八ヶ月近く。
正直、会いたい気持ちも限界だった。

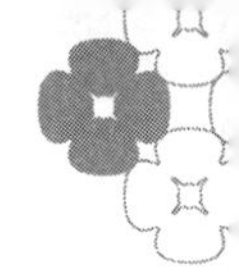

第七話　初詣

そして迎えた年内最終日――。

十二月三十一日の午後のこと。

「う～ん……」

俺は勉強の合間にリビングで休憩中。

こたつに入りながらスマホを手に頭を悩ませていた。

「晃、どうしたの？」

こたつの隣でみかんを食べている日和が尋ねてくる。

そりゃ隣で『うんうん』唸られていたら気になって仕方がない。

ちなみに、十分前までカゴいっぱいにあったみかんは半分になっていた。

「実はさ、初詣に行って合格祈願をしようと思ってるんだけど――」

「ああ、葵さんを誘おうか悩んでスマホと睨めっこしてたんだ」

話の途中だったのに日和が代わりに説明してくれた。

「日和は相変わらず察しがいいな」

高校生になってからさらに察しのよさにキレが出てきた気がする。

最近は俺が受験勉強で忙しいのを察してか、気を回してくれていることも多い。

例えば夜、小腹が空いて台所に食べ物を探しに行こうと思っていると夜食を作ってきてくれたり、勉強用のノートや文房具が切れそうになるとタイミングよく買ってきてくれたり。

なんでもお見通しとでも言わんばかりにサポートしてくれる。

できる妹で本当に感謝しかない。

「察しがいいもなにも、晃の顔を見れば一目瞭然」

「そんなに俺、顔に出やすいかな……？」

日和はいつもの無表情でコクリと頷く。

マジか……そんな自覚はなかった。

「誕生日もクリスマスも我慢して受験勉強してきたけど、そろそろ葵さんに会いたい。恋にうつつを抜かすわけにはいかないけど年も明けるし、合格祈願で初詣に誘うなら迷惑じゃないか――なんて考えて、ここ数日スマホでメッセージを書いては消してを繰り返してる」

「……はい」

監視カメラを仕掛けているのかと思うほどに大正解。

ここまでくると察しがいいとかを超えて読心術レベル。

日和は将来カウンセラーとか医者が向いている気がする。

「悩んでないで誘えばいいと思う」

「でも、迷惑じゃないかと思ってさ」

すると日和は珍しく呆れた感じで息を漏らした。

「今さら一日二日勉強を休んだくらいで不合格になるなら、初めから受かるはずないから諦めた方がいい。会えなくてストレスが溜まるくらいなら、合格祈願を口実にして会う方が残りの期間のモチベーションも上がると思う」

　確かに日和の言う通り、正論すぎて返す言葉がない。

　相変わらず日和はポーカーフェイスで表情から感情のようなものは見て取れないし、口調からも感じ取ることはできないが、背中を押してもらったような気がした。

「そうだな。日和の言う通り誘ってみるよ」

「葵さんに頑張ってねって伝えておいて」

「わかった。伝えておくよ」

　さっそく葵さんに『明日、一緒に初詣行けないかな？』とメッセージを送る。

　さすがに今日明日で誘っても予定があって無理かもしれないと思いつつ、受験生に年末も年始もないというように、きっと空いてるはずと期待を込めて待つこと数分。

　葵さんから『行きたい！』と返信がきた直後、通話が掛かってきた。

「もしもし、葵さん？」

『突然ごめんね。お話しした方が早いと思って。大丈夫だった？』

「ああ、大丈夫。俺も葵さんが大丈夫なら掛けようと思ってたんだ」

スマホ越しに『それならよかった』と安堵の声が聞こえてきた。

『実はね、私も同じメッセージを送ろうか迷ってたの』

「葵さんも？」

『もうすぐ共通テストだから迷惑かなと思ったんだけど、クリスマスは我慢して勉強を頑張ったし、初詣くらいは誘ってもいいかなと思ってたら連絡が来たから驚いちゃった』

「そっか……」

お互いに考えていたことは一緒だったらしい。

同じ気持ちだったことが嬉しくて笑みが零れた。

「じゃあ、俺が葵さんのところへ行くよ」

『ううん。今回は私がそっちに行く』

すると葵さんはきっぱりと口にした。

『いつも晃君に来てもらってばかりだし、久しぶりに日和ちゃんにも会いたいから』

隣でみかんを食べている日和に視線を向ける。

すると日和はみかんを丸呑みする勢いで頬張りながら首を傾げた。

日和も葵さんと会いたいと思っているだろうし、葵さんが来てくれるなら、日和から伝えて欲しいと頼まれた励ましの言葉も自分で伝えることができる。

「本当にいいの？」

『うん。遠慮しないで』

「ありがとう。お言葉に甘えさせてもらうよ」

それから俺たちは少しだけ他愛もない話をしてから通話を切った。

もう少し話していたいと思ったが、葵さんが祖母とお正月の準備をするからと早々に切り上げた。明日になれば会えるし、今日のところはこのくらいで我慢しておこう。

「日和、葵さんがこっちに来てくれるってさ」

みかんを食べ尽くした日和が耳をピクリと動かす。

「何時にくるの？　家には寄るの？　なんなら泊まる？」

「ちょ、ちょっと落ち着けって」

日和はまくしたてるように質問を連呼して前のめり。

早く教えろと言わんばかりに顔を近づけて圧を掛けてくる。

「初詣が終わったら家に連れてくるから、さっきの伝言は自分で伝えてくれ」

「うん。わかった」

相変わらず無表情だから喜んでいるのか判断に迷うけど、肩まで伸びた髪を小さく揺らしながら上機嫌、お代わりしたみかんを食べまくっているあたり嬉しいんだと思う。

こうして俺は葵さんと二人で初詣に行くことになった。

＊

翌日、一月一日の十一時頃――。

俺は母さんに車で駅まで送ってもらい、葵さんを迎えに来ていた。

葵さんの暮らす村の最寄り駅からは在来線と新幹線を乗り継いで約二時間半。

間もなく葵さんから聞いていた到着時間――新幹線の改札前で待っていると、改札の奥から下車した乗客がぞろぞろと歩いてくる。その人の流れの中に葵さんの姿を見つけた。

葵さんも俺に気づき、胸の前で小さく手を振りながら近づいてくる。

改札を抜ける葵さんに歩み寄って声を掛けた。

「あけましておめでとう」

「あけましておめでとう。今年もよろしくお願いします」

「こちらこそ、今年もよろしくお願いします」

新年の挨拶（あいさつ）を済ませて顔を上げる俺たち。

久しぶりの再会に自然と笑顔になっていた。

「遠くまで来てくれてありがとうな」

「晃君に会えると思うと待ち遠しくて、あっという間だったよ」

「それならよかった。じゃあ、さっそく初詣に向かおうか」

「うん！」

俺たちはどちらからともなく手を繋いで改札の前を後にする。

向かったのは駅前のロータリーにあるバス乗り場だった。

「神社まではバスで行くんだよね」

「ああ。調べたら一時間くらいで着くらしい」

俺たちが向かう神社は少し離れた山の中にある。

もちろん神社は近くにもあるから近場で済ませることもできた。

だけど人生で一度の大学受験、せっかくなら有名な神社で済ませたい。

これから向かう神社は県内屈指のパワースポットとして有名で、テレビで取り上げられる機会も多く、県内はもちろん県外からも多くの参拝客が訪れる観光名所の一つ。

ちなみに母親が車で送ると言ってくれたが、場所が山の中で駐車場は少ないため、おそらく参拝客が多すぎて停められないだろうと思いバスで行くことにした。

山の中にあるにも拘わらず毎年約一万人以上の初詣客が足を運ぶ人気の神社。

俺も初めて行くけど楽しみで仕方がない。

「実はね、これから行く神社のことを泉さんに話したら知ってたの」

「泉は神社やお寺めぐりが大好きだから知ってても不思議じゃないよな」

ふと高校一年の一学期、温泉施設に行った帰りに神社に足を運んだことを思い出す。

あの時、四人で神社の奥にある『叶杉』と呼ばれる杉の木の前で泉が口にした台詞（せりふ）は、一年半近く経（た）った今も忘れられない。

「いつか行きたいと思ってる憧（あこが）れの神社の一つなんだって」

「じゃあ合格祈願のお守り、泉と瑛士（えいじ）の分も買ってやろう。二人も自分で買ってるだろうけどお守りはいくつあってもいいっていうし、神様同士は喧嘩（けんか）しないって聞くしな」

「そうだね。喜んでくれると思う」

そんな話をしているうちにバスターミナルに到着。

バス停には俺たちと同じく初詣に向かうと思われる人たちの姿があった。

その後、バスに乗り込んで出発する俺たち。

市街地を出発後、三十分も揺られると景色は一変して田舎道へ。

田畑に囲まれたのどかな街並みを通り過ぎ、やがて山道へと差し掛かる。行きと帰りのバスがギリギリすれ違えるほどの狭い道をとことこと登っていくこと三十分。

神社近くのバス停に到着し、他の乗客に続いてバスを降りた。

「おお……寒いな」

バスを降りた第一声は驚きの声だった。

冬だから寒いのは当たり前なんだが、バスに乗った時より寒さが厳しい。

それもそのはず、神社は標高九百メートルの位置にあるから五度くらい気温が低い。

吐く息があまりにも白いせいか太陽の光に照らされて美しさすら感じた。

「葵さん、大丈夫？」

「うん。いっぱい着込んできたから」

「それならよかった」

安心していると、なぜか葵さんは俺の手元をチラチラ見つめる。

「でも……手がちょっと冷たいかも」

葵さんは寒そうに両手に息を吹きかける。

おかしいな……駅で会った時は手袋をしていたはずなんだけど、なんて、葵さんがこっそり手袋をバッグの中に隠している理由なんて聞くまでもない。

俺は葵さんの手を取り自分のポケットの中へ。

「これで寒くない？」

「うん。晃君の手、あったかいね」

ご機嫌の葵さんと手を繋いでバス停を後にする。

他の参拝客の後に続いて道を進むと、目の前に参拝客を出迎えるように高さ十五メートルはありそうな鳥居が現れ、人の列はその先――本殿に続く参道に沿って延びている。

冬の山間の寂しげな雰囲気とは対照的に参道は人の活気に満ちていた。

「さすがに人気の神社なだけあって人が多いね」

「慌てる必要もないし、ゆっくり行こう」

どこまでも続く参拝客の列に続いて進む俺たち。

石畳が敷かれた参道の両端にはいくつかの屋台が並びいい匂いが漂う中、食欲につられそうになる葵さんに『食べるのは帰りにしような』と伝えて我慢してもらい上っていく。

今度は小さな鳥居が現れ、その先に重厚感のある大きな門が立っている。

門をくぐった瞬間、肌を撫でる空気が変わった気がした。

「さすがパワースポットなだけあるな……」

「うん……」

上手く言葉にならないが、俺も葵さんもなにかを感じたんだろう。

ただでさえ真冬で寒く、標高が高いため気温が低い山中。頬を刺すような冷たさと、吸い込む空気は冷たく乾燥していることもあって張り詰めたものを感じる。

よりパワースポットとしての厳かな雰囲気を漂わせている気がした。

「これならご利益に期待できそうだな」

「ちゃんと神様にお願いしてこないとね」

門を抜けた先は神社の境内というよりも山の中だった。

坂道の参道は渓流沿いに続き、辺りに川のせせらぎが響いている。

杉の木をはじめとする様々な木々が茂っていて、新緑の季節や紅葉の時季なら美しい光景を眺めながら本殿への道中を楽しむことができるんだろう。

そんなことを思いながら進むこと十数分後——。

「ここか……」

「すごいね……」

息を整えながら見上げた光景に言葉を失くした。

ここから先は今まで目にしてきた景色から一変、辺りはむき出しの大岩と切り立った崖が広がり、崖と崖の隙間(すきま)を縫うように延びている石造りの階段が本殿へと続いている。

よくこんな場所に神社を立てたなと当時の建築技術に驚かされた。

初詣にしては道のりが険しすぎる。

「葵さん、大丈夫?」

「大丈夫。もう少しだから頑張る」

気合を入れ直して階段を上り、神門と社務所を抜けてその先へ。

最後の門を抜けると参拝客の人混みの中、ようやく本殿が姿を現した。

「着いたね……」

「ああ。俺たちも並ぼう」

列の最後尾に並んで待っていると、しばらくして俺たちの順番が回ってくる。

お賽銭を投げ入れて二礼二拍手一礼、深くお辞儀をしてから手を合わせた。

ゆっくりと瞳(ひとみ)を閉じて心の中で願い事を思い浮かべる。

俺の願いは志望大学への合格と、もう一つ。


――今年こそは葵さんとの仲に進展がありますように。


進展というのは言うまでもない、誕生日旅行の夜の続き。

新年早々、煩悩(ぼんのう)にまみれたお願いをするなと怒られてしまいそうだが、俺にとっては受験の次に大切な問題。一番目とは言わないし受験後でいいから、どうか何卒……。

なんて言い訳しつつ、でも念入りに神様へお願いをして目を開ける。

葵さんは隣で真剣な表情を浮かべながら手を合わせていた。

「……うん」

少しすると葵さんもお参りを終えて目を開いた。

「戻ろうか」

「うん」

参拝客で後ろがつかえているため早々に本殿を後にする。

社務所に立ち寄り、合格祈願のお守りを買おうと列に並んだ。

「葵さん、ずいぶん真剣にお参りしてたけど、なにをお願いしてたの？」

「二つあって、一つは晃君と一緒に都内の大学に合格できますようにって」

一つはそうだろうなと思っていた。

気になるのはもう一つ——そう思った時だった。

「葵さんに、晃君……？」

前に並んでいたカップルが俺と葵さんの名前を口にする。

二人が振り返った瞬間、見慣れた顔が目に飛び込んできた。

「悠希(ゆうき)と夏宮(なつみや)さん⁉」

「やっぱり晃かよ！」

俺たちの前に並んでいたのは悠希と夏宮さんだった。

「妙に聞き覚えのある声だと思ったら、晃たちも来てたんだな」

「驚いたな……まさかこんなところで会うとは思わなかったよ」

「俺と梨華(りか)は毎年ここに初詣に来てるんだ」

まさかこんなところで二人に会えるとは思ってなかったから驚いた。

悠希と二人盛り上がっていると、葵さんと夏宮さんが俺たちの袖を引っ張る。

「晃君、会えて嬉しいのはわかるけど」

「悠希君、その前に言うことがあるでしょ？」

二人にたしなめられる俺と悠希。

「「……はい」」

改めて『あけましておめでとう』と新年の挨拶を交わす。

なんだか俺も悠希も将来は尻に敷かれそうな気がした。

「晃はともかく、葵さんにも会えるとは思わなかったよ」

「本当だね。実は私、ずっと葵さんにお礼を言いたいと思ってたの」

「私にお礼？」

夏宮さんがそう言うと、葵さんは不思議そうに首を傾げる。

「私たちが恋人になれたのは晃君のおかげだけじゃなくて、葵さんのおかげでもあるんだもの」

「葵さんのおかげでもあるって、どういう意味だ？」

悠希は頭の上に疑問符を浮かべながら夏宮さんに尋ねる。

そうか、その意味を知っているのは俺と夏宮さんだけか。

あれは去年の修学旅行の時のこと。

悠希と夏宮さんが仲を深めるきっかけになった呼び方の変化。

それまで『悠希ちゃん』と呼んでいたのを『悠希君』と呼ぶようになったのは、葵さんが俺の誕生日に『名前だけで呼んで欲しい』とお願いしたことがヒントになった。

あの日、葵さんが俺に会いに来てくれなかったら今はないかもしれない。

そう考えると確かに俺だけではなく、むしろ葵さんのおかげだろう。

「梨華、そんな大切なことは早く教えてくれよ！」

寝耳に水だった悠希は葵さんに向かって深々と頭を下げる。

「葵さん、ありがとう。お礼が遅くなって申し訳ない！」

夏宮さんも悠希の隣で一緒に頭を下げる。

葵さんは少し戸惑いながら二人に顔を上げるよう促した。

「結果的に力になれただけだから、そんなにかしこまらないで」

「いや、そういうわけにもいかない。なにかお礼を……そうだ！　二人とも時間あるか？　参道を下ったところに毎年寄ってる茶屋があるんだ。そこでお昼を奢(おご)らせてくれ」

義理堅い悠希は奢らせてくれないと気が済まないと言わんばかり。

ここはお言葉に甘えようと思い、葵さんと顔を見合わせて頷いた。

「せっかくだから、そうさせてもらうよ」

「そうか、ありがとう！」

悠希の隣で夏宮さんもほっとした様子を浮かべていた。

そうこうしている間に列は進み、みんな揃(そろ)って合格祈願のお守りを購入。もちろん泉と瑛士の分も忘れず購入し、葵さんから渡してもらうように頼んで預けた。

「よし。茶屋で一服しようか」

「その前にやることがあるだろ？」

悠希はなにやら含みのある笑みを浮かべて口にする。

「……なにかやり残したことなんてあったか？」

「おいおい、初詣といえばおみくじだろ？」

「ああ、言われてみれば確かにそうだな」

お守りが買えて満足していたわ。

「二人はこの神社に来るのが初めてだから知らないよな」

「ここのおみくじは他と違ってちょっと面白(おもしろ)いんだよ」

「面白い？」

悠希と夏宮さんに案内されて社務所の端にある人だかりへ。

しばらく待っていると人が去り、おみくじの箱が置いてあった。

「お金を入れてから、おみくじを一枚引いてみて」

夏宮さんに言われた通り、お金を入れてから箱に手を入れる。

中から取り出した一枚の紙を開くと思わず首を傾げてしまった。

「なんだこれ？」

「晃君、どうかしたの？」

その紙には『御神水開運おみくじ』と書かれていた。

恋愛や学問、病気や職業などの項目があり、それだけ見れば一般的なおみくじなんだが、どの項目も空白でなにも書かれておらず『大吉』や『中吉』の文字すらない。

「なにも書いてないね」

「そうなんだよ。印刷ミスかな？」

「私も引いてみるね」

葵さんもおみくじを引いて開いてみる。

「私のおみくじもなにも書いてないよ」

なにかの間違いかと思ったが、葵さんも同じ。

葵さんと二人揃って頭に疑問符を浮かべる。

「どういうことだ？」

「まぁまぁ、そう焦(あせ)るなって」

悠希は焦らすような口調でおみくじを引く。

当然、悠希と夏宮さんのおみくじもなにも書かれていない。

「みんな引いたな。さぁ行こうぜ」

「どこに行くんだ?」

「おみくじの結果を確認できる場所が参道の途中にあるの」

俺と葵さんは状況を理解できないまま二人を信じてついていく。

「ここだ」

やって来たのは湧水が注がれている小さな手洗い場のような場所だった。

本殿に向かっている途中、妙に人だかりができているのは目に留まっていたからなにをしているんだろうと思っていたが、この水場がなんだというんだろうか。

「晃、この水におみくじを浸してみろよ」

「浸す? ああ。わかった」

紙なのに濡らして平気なのかと思いつつ、言われるままに水に浮かべる。

すると不思議なことに『大吉』の文字が浮かび上がると共に、空白だった各項目にもじわじわと文字が浮かび上がってきた。

「なるほど……これは確かに面白いな」

神社の湧き水に浸けることで結果がわかるおみくじ。

だから御神水開運おみくじっていうのか。

「葵さんも浸けてみなよ」

「うん。やってみる」

葵さんは水場の前にしゃがみ、おみくじをそっと水に浸す。

すると葵さんのおみくじにも『大吉』の文字が浮かび上がった。

「お揃いだね」

「お互いに良い年になりそうだな」

喜ぶ俺たちの隣で悠希と夏宮さんもおみくじを水に浸ける。

二人も大吉だったらしく、悠希が子供みたいに喜びの声を上げていた。

「おみくじも引いたし、みんなで茶屋へ行こうぜ！」

「そうだな」

「その前に、あの……」

すると葵さんがそっと手を上げる。

「出店で少し食べ歩きしたいなぁ……」

悠希と夏宮さんの前だから遠慮したんだろう。

来た時とは打って変わって遠慮気味に口にした。

「ＯＫ！　茶屋だけと言わずに出店も全部奢らせてくれ！」

こうして初詣を終え、神社を後にしたのだった。

それから悠希お勧めの茶屋で一時間ほどお昼を食べながら世間話を楽しんだ後、二人は悠希の両親が迎えに来てくれるとのことで、俺たちは先に帰ることにした。

二人に別れを告げて茶屋を後にする。

「そう言えばさ」

「なに？」

バス停に向かいながら、俺は葵さんに聞きそびれたことを尋ねる。

「さっき、神様に二つお願いしたって言ってたけど」

一つは合格祈願で、もう一つはなんだったのか？

それは――。

「晃君のご両親から同棲の許可を貰(もら)えますようにって」

「あ……」

その言葉に思わず足がとまった。

「晃君、まだご両親に言ってないよね？」

「しまった……」

思わず口に手を当てる。

葵さんの誕生日旅行後、両親に話をしなければいけないと思いタイミングを見計らっていたものの、なかなか機会に恵まれず先送りしてしまい気づけば忘れていた。

勉強で忙しかったとはいえ言い訳にはならない。

「ごめん……今の今まで忘れてたよ」

「勉強で忙しかったのもあると思うから気にしないで」

「いや……やっぱり旅行から帰ったらすぐに話すべきだった」

今さらなにを言ったところで後の祭りだが、これ以上先送りはできない。

合否の結果が出てから相談したのでは色々と支障が出てしまうだろう。

葵さんを初詣に誘ってなかったら気づかなかったかもしれない。

「今日の夜、必ず両親に相談するよ」

「今日？」

「父さんも家にいるからさ」

「それなら私も一緒にお願いしたい」

「葵さんも一緒に？」

まさかの申し出だった。

「私からも晃君のご両親にお願いしたい。二人の未来のことだから」

その瞳には決して揺るがないと思わせるほどの意志が見て取れた。

俺が一人で大丈夫と言ったところで葵さんは引かないだろう。

「わかった。一緒にお願いしよう」

「うん」

こうして俺たちはバスに乗って帰路に就く。

新年早々、予定外の一大イベントが訪れたのだった。

＊

「ただいま」

「おかえりなさい」

家に着くと出迎えてくれたのは日和だった。

「葵さんも、おかえりなさい」

「ただいま。日和ちゃん、元気にしてた?」

「うん。葵さんも元気そうでよかった」

日和はどことなく嬉しそうな表情を浮かべながら葵さんの腕にしがみ付く。

日和にとっても葵さんとの再会は久しぶりだから話をさせてやりたいが、今はその前にやるべきことがある。

「日和、父さんと母さんはいる？」

「うん。いるけど、どうかしたの？」

「葵さんと二人で話したい事があるんだ」

俺の声のトーンで真剣な話だと察してくれたんだろう。

日和は葵さんの腕を離し『二人ともリビングにいる』と言って道を開けてくれた。

俺は日和にお礼を言い、葵さんと顔を見合わせてから玄関を後にする。

「ただいま」

「お邪魔します」

リビングへ続くドアを開けて葵さんと共に中へ。

するとテーブル席に座っている両親の姿があった。

「おかえりなさい。葵さんもいらっしゃい」

父さんも母さんも快く葵さんを迎えてくれる。

葵さんが新年の挨拶を済ませると、さっそく俺は本題を切り出した。

「父さんと母さんに話があるんだけど、少し時間をもらえるかな？」

「ああ。構わない」

父親に座るように促され、葵さんと並んで腰を掛ける。

こうして改まって両親の前に座ると、あれだけ許可をもらうために頑張ろうと意気込んでいた気持ちはどこにいってしまったのかと思うほど緊張して声が出てこない。

「改まって、なんの話かしら？」

そんな俺たちの緊張なんて両親には丸わかりなんだろう。

母さんが手を差し伸べるように優しく尋ねてくれた。

「それは……」

それでも言い出せずにいた時だった。

テーブルの下、両親からは見えないところで葵さんが俺の手を握り締める。手の温もりと一緒に想いが伝わってきて、自分でも驚くほどに冷静さを取り戻した。

俺は一度大きく深呼吸してから両親と向き合う。

「大学に合格したら、葵さんと一緒に暮らしたいと思ってるんだ」

「一緒に暮らす――？」

ようやく口にした瞬間、父さんが俺の言葉を繰り返す。

明らかに場の空気が変わったことに気づきながら言葉を続けた。

「葵さんも都内の大学を受験予定で、お互いに合格したら前みたいに一緒に暮らそうって約束して、それを励みに二人で受験勉強を頑張ってきた。大学生で同棲したいなんて反対されるかもしれないけど、どうか許可して欲しいんだ」

捲し立てるように伝え終えると、父さんは腕を組んで目を伏せる。

その隣で母さんは父さんの言葉を待っていた。

どれくらい時間が経っただろうか。

「お付き合いをしている二人が一緒にいたいと思うのは自然なことだ」

「じゃあ——」

父さんの肯定的な言葉に喜びかけた瞬間だった。

「だが、大学を卒業してからではダメなのか？」

「それは……」

父さんは一転して反対の意を示した。

「学生の本分は勉強にある。大学生のうちはしっかりと勉強に励み、葵さんと節度のある交際を続け、社会人になってから同棲を始めるのでも遅くはないだろう。二人が本当に将来を見据えた交際を続けるのなら順序も大切だと思う」

心の底から極めて真っ当な意見だと思った。

頭ごなしに反対せずに理解を示してくれているとすら思う。

世の親としても子を思えばこその回答だと誰もが思うだろう。

「二人にしてみれば、過去に一緒に暮らしていたのだから同棲してもいいじゃないかと思うかもしれない。だが、あの頃と今では状況が違うことは理解できるはず」

父さんの言う通りだ。

他に選択肢がなかった過去と、選択肢がある未来では違う。

今の俺たちは両親を説得できるだけの言葉を持ち合わせていない。

だけど……こればかりは理屈とか常識じゃなかった。

「それじゃ遅いんだよ……」

修学旅行の後、葵さんがうちに遊びに来た帰り。

新幹線のホームで葵さんの流した涙が頭をよぎる。

「二年も待たせたんだよ……」

「晃君……」

「ずっと寂しい想いをさせてきた。もう二度とあんな顔をさせたくない」

それは両親への説明ではなく、俺自身の決意のようなもの。

顔を上げて父さんの顔を真っ直ぐに見据える。

「勉強は疎かにしないと約束するし、金銭的にも迷惑を掛けないようにアルバイトもする。節度を持った付き合いを心掛けるから、どうか同棲を許可して欲しい！」

想いが言葉に乗り、気づけば柄にもなく熱くなっていた。

「私からもお願いします！」

二人で頭を下げる俺たち。

「…………」

しばしリビングに静寂が訪れる。

どれくらいそうしていただろうか。

「葵さん」

「はい！」

父さんが葵さんに優しく声を掛けた。

「葵さんのご家族に、この件は相談したのかな？」

「はい。一緒に住んでいる祖母も離れて暮らしている父も、晃君のことを信頼しているので二つ返事で許可をしてくれました。遠く離れた場所で私が一人暮らしをすることを心配していたので、晃君が傍にいてくれるなら安心だと。晃君のご両親さえよければと」

父さんは葵さんの言葉を受けとめると俺に顔を向けてくる。

「晃、一つ聞かせてほしい」

それはかつて向けられたどの視線よりも真剣に見えた。

「よそのお嬢さんを預かるということの意味を理解しているのか？」

——一人の男として、覚悟を試されているような気がした。

「もちろん、俺なりにわかっているつもりだよ」

この問いだけは本気で答えないといけない。

照れや気まずさで誤魔化してはダメだと思った。

「今の俺がこんなことを言っても説得力がないかもしれない。でも一緒に暮らす以上、葵さんの人生に責任をもつ覚悟はある。俺の人生の全てに代えたとしても」

父さんは『そうか……』と呟きながら大きく頷く。

その直後、父さんの表情がふっと緩んだように見えた。

「それなら二人とも、まずは目の前の受験に集中しなさい。どれだけ二人が望んでいるとしても、大学に合格しなければ一緒に住みようがないんだからな」

「それって……」

「二人ともよかったわね」

母さんが補足するようにお祝いの言葉を掛けてくれる。

それは父さんらしい、少し不器用なＯＫの意思表示だった。

「父さん、ありがとう！」

「ありがとうございます！」

手を取り合って喜ぶ俺と葵さん。

「まぁ、お父さんは私と同棲する時、両親に黙ってましたしね～」

すると母さんが父さんをからかうようにぽつりと呟く。

お茶を口にしていた父さんが、まさかの突っ込みにむせ返った。

「こんなふうに面と向かって相談されたらダメなんて言えませんよね」

確かに以前、葵さんと交際していることを伝えた時、母さんがそんなことを言っていた気がする。未だにお互いの両親に会うと、そのことをネタにいじられるって。

「母さん……勘弁してくれ」

ばつの悪そうな表情を浮かべる父さんを見て思わず笑いが込み上げる。

父さんには悪いけど、これが新年最初の笑いの種になったのだった。

＊

「今日は色々ありがとうな」

「私の方こそありがとう。ご両親とお話できてよかった」

その後、俺は葵さんを見送りに駅まで足を運んでいた。

新幹線がホームに到着するまで残り数分、以前と同じように葵さんと別れを惜しんでいるが、あの時と違い、もう俺たちに寂しさや不安はなに一つなかった。

「あとは受験に集中するだけ。合格すれば春から一緒だ」

「うん。あと少し、一緒に頑張ろうね」

「ああ」

すぐに新幹線が到着し、俺は笑顔で葵さんを見送る。

新幹線が見えなくなるとホームを後にして家路を急ぐ。

「よし……帰って勉強するか！」

すべての問題が解決し、いよいよ受験勉強もラストスパート。

最初の関門である共通テストは目前に迫っていた。

第八話　出会いと別れの日々の終わり

それから二次試験までは、言葉の通りあっという間だった。

共通テストを終え一息吐く間もなく二次試験に向けて勉強を続ける俺たち。

受験勉強に追われる日々は大変だったが、お互いの両親の許可を得られたという安心感からか、今まで以上に身が入りラストスパートに拍車が掛かったように思う。

絶対に叶えたい約束や目的があれば人はここまで本気になれるものかと、自分のことながら驚かされる日々だった。

それは葵さんも同じらしく似たようなことを言っていた。

「晃、頑張ってね」

そして迎えた二次試験当日の早朝。

俺は玄関で日和に見送られていた。

「ああ。ありがとうな」

「帰りにお土産、よろしく」

「……受験に行く奴に掛ける言葉じゃないだろ」

なんて言いつつ、いつもの日和らしくて逆に安心する。

普段通りに接することで緊張させまいと気遣ってくれているんだろう。

日和は小さな頃から無表情で口数も少ないが、長年兄をやっているおかげか、最近は泉や葵さんと同じくらいには日和のことを理解できるようになってきた。

俺よりも二人の方が理解しているのはどうなんだと言われてしまいそうだが、そこは女の子同士の意思疎通は兄妹の意思疎通を上回るってことで理解して欲しい。

「晃、準備はどう？」

「ああ。今行くよ――」

外で車を出して待ってくれている母さんから催促の声が響く。

「じゃあ、行ってくる」

「行ってらっしゃい」

日和は応援の意を込めて胸の前で小さくガッツポーズ。

こうして俺は日和に見送られて家を後にした。

＊

それから俺は母さんの車で駅まで送ってもらい新幹線で都内へ。

慣れない都内の電車を乗り継ぐため、万が一にも試験の開始時間に遅れないように早めに到着した俺は、試験会場である大学の近くの喫茶店で時間を潰していた。

「少し早く着きすぎたな……」

窓際の席で行き交う人の姿を眺めながらホットコーヒーを口にする。

温かい飲み物を口にして一息吐くと、少しだけ緊張が和らいだ気がした。

やれるだけのことはやってきたし、あとはこれまでの勉強の成果を発揮するだけ。

そんなことを考えながら窓の外を眺めていると、俺と同じ受験生と思われる人達が一様に緊張した面持ちで受験会場の方へ向かって行く。

その景色を眺めていた時だった。

「……ん？」

人の流れの中、見慣れた姿を見かけた気がした。

「今の人、葵さんに似てたな……」

まさか、そんなことがあるはずがない。

葵さんも今頃は試験会場に向かっている最中のはず。

そんなことを考えると、試験会場に到着したらしい葵さんから『頑張ろうね！』とメッセージが届いた。『頑張ってね』ではなく『頑張ろうね』なのが心強い。

葵さんへメッセージを返してから席を立ち上がる。

「……よし、俺も行くか！」

こうして俺たちは二次試験へと臨んだ。

＊

ほぼ一日掛かりの二次試験を終えた夕方――。

俺と葵さんは東京駅構内のカフェで待ち合わせをすることにした。

せっかく同じ日に二次試験なんだし、ようやく受験から解放されるわけだし、今からデートをするには時間が足りないけどお茶くらいして帰ろうということに。

待ち合わせの場所は修学旅行最終日に二人で利用したカフェ。

地方出身者にとって東京駅は迷路のようなものだから知っているお店にした。

「葵さん、先に着いてるって言ってたけど……」

カフェに到着し、飲み物を買うより先に辺りを見渡す。

すると混雑した店内で手を振っている葵さんの姿を見つけた。

「人が多いから葵さんが見つけてくれて助かったよ」

「私、晃君を見つけるの得意かもしれない」

そんな一言すら彼女に言われると嬉しい。

「試験、どうだった？」

「どうだろう……でも、それなりにできたと思う。晃君は？」

「俺も一緒。手応えはあったから大丈夫だと思うけど」

「それならよかった」

お互いの感触を聞いて一緒に安堵(あんど)の息を漏(も)らす。

「飲み物を買ってくるから少し待ってて」

「うん」

荷物を席に置いて葵さんに見ていてもらうように頼んでカウンターへ。

アイスコーヒーを買って席に戻り、葵さんの隣に腰を下ろした。

「改めて、受験お疲れさま」

「うん。晃君もお疲れさま」

まるで乾杯のようにカップを合わせる俺たち。

「やっと終わったな……」

「長かったよね……」

「本当、長かった」

思わず葵さんの言葉を繰り返す。

葵さんと言葉を交わしたことでようやく受験戦争が終わったことを実感したのか、急に疲れと安堵と喜びと、とにかく色々な感情がごちゃ混ぜになって溢れてきた。

「いっきに気が抜けたというか、肩の荷が下りたというか……」

「私も。やっと解放された感じがするよね」

「あとは結果発表を待つだけだな」

「そうだね」

高校二年の修学旅行以来、約一年四ヶ月にわたり勉強漬けの日々だった。

全てを勉強に捧げてきたとは言わないまでも、それなりに自由な時間と寝食を犠牲にして、最低限の楽しみ以外は我慢して今日まで過ごしてきた。

おそらく人生において、これ以上に勉強することは二度とないと思う。

もちろん、結果次第で勉強漬けの日々は続くわけだが……。

今日くらいはなにも考えずに羽目を外してもいいだろう。

「この後、少し付き合って欲しいんだけどいいかな？」

「もちろん。行きたいところでもあるの？」

「日和にお土産を頼まれてるんだよ」

少し嘆息気味に伝えると、葵さんは『日和ちゃんらしい』と笑った。

「きっと頑張れって伝えるだけだとプレッシャーになると思ったから、いつもの日和ちゃんらしく振る舞うことでリラックスさせてあげようとしたんだと思うよ」

「ああ。俺もそうだと思ったよ。日和らしいエールの送り方だよな」

「そういうところが日和ちゃんらしくて可愛いなって思う」

さすが葵さん、俺よりも日和のことを理解してくれているだけある。

まるで本当の姉妹のように仲が深まってくれて微笑ましい。

兄としては彼女と妹の仲が良いのは嬉しい限り。

「ところで葵さん」

「なに？」

「結局さ、どこの大学を受けたの？」

教えてもらえないとわかっていながら、あえてすっとぼけて聞いている。

すると葵さんは口元に指を立てながら悪戯っぽい笑みを浮かべた。

「合格するまで秘密って言ったでしょ？」

「やっぱり教えてもらえない感じ？」

「うん。内緒」

やっぱりダメらしい。

もうすぐ結果は出るし今さら焦る必要もないか。

「よし。じゃあ買い物に行こうか」

「うん。そうしよ」

お互いのカップが空になったタイミングで席を立つ。

その後、受験が終わった解放感もあり時間を忘れて二人の時間を楽しんだ。

お土産を扱っているお店を見て回っているだけなのに楽しくて仕方がなく、ついつい日和へのお土産以外にも理由を付けてあれこれ買いまくる俺と、特に葵さん。

受験から解放されると同時に食欲も解放したのか、久しぶりに食欲の権化モード。

両手いっぱいの紙袋を抱えて満足そうな笑みを浮かべる葵さん。

気づけば帰宅時間が迫り、俺は新幹線のホームで葵さんを見送っていた。

「次に会うのは合格発表の後かな」

「無事に合格できたら、その後は忙しくなりそうだね」

「そうだな。入学手続きに高校の卒業式、一緒に暮らすアパート探しと引っ越しの準備と、時間を取って家電製品も買いにいかないと。そのあたりは改めて相談しよう」

「うん。じゃあ、またね」

「ああ。またな」

新幹線に乗り込む葵さんの背中を見送る。

こうして葵さんを見送るのも、これが最後になるのかもしれない。

そう思うと、今まで寂しさを覚えていた別れの時間も愛おしく思えた。

＊

「ただいま」

「おかえりなさい」

帰宅すると出迎えてくれたのは日和だった。

「試験、どうだった？」

「まずまずってところかな。これ、お土産」

「ありがとう」

日和はお礼の言葉を言いながらお土産を受け取る。

リビングまで待ちきれないのか、その場で袋の中を覗き込んだ。

「葵さんはどうだったの？」

「葵さんも感触よかったそうだから安心しな」

そう伝えると日和は安心したように表情を緩めた。

「お土産のお礼に二人が無事に合格するように祈っていてあげる」

「そうしてくれ。葵さんは受かって俺だけ落ちたとか笑えないからな」

「本当。お父さんたちに一緒に暮らす許可を貰ったのに、葵さんだけ合格して晃は浪人して一年待たせるなんてことになったら、今後の二人の付き合いに関わる」

「……怖いこと言わないでくれよ」

「冗談」

そういう日和はやっぱり無表情。

冗談ならせめて笑顔で言って欲しい。

「心配しなくても大丈夫。晃は頑張ってきたからいい結果になる」

「ありがとうな……」

「たぶん」

「そこは断言してくれよ」

珍しく饒舌に冗談を連発する日和に思わず突っ込む。

それだけ日和も俺たちの受験を気に掛けてくれていた証拠だろう。

俺は家に上がり、日和と一緒に両親が待つリビングへ向かう。家族でお土産を摘みながら久しぶりに家族団欒の時を過ごしたのだった。

＊

迎えた運命の日――。

合格発表当日の午前中、俺は合否の確認のために大学に来ていた。

今のご時世、わざわざ大学に足を運ばなくてもウェブで確認ができるが、人生で一度きりのことだから時間とお金を掛けてでも現地で確認することにした。

葵さんも俺と同じく大学に行っていて発表時間も同じ。

「もうすぐだな……」

結果が張り出される掲示板の前に着くと大勢の受験生の姿があった。

ざわつきつつも緊張感のある空気が辺りを包む中、受験票を握り締めながら受験生たちの後ろに並んで発表を待つこと数分、職員の人たちが一斉に結果を張り出した。

その直後、一斉に掲示板の前に群がる受験生たち。

俺も続こうとしたが足が竦(すく)んだ。

――もし、自分の受験番号がなかったら？

胃が締め付けられるような感覚と共に手が震える。

体中の血液が冷水になったかのような感覚が身体を襲い寒気を覚えた。

受験日以降、ずっと考えないようにして、でも心の奥底で考えていたこと。

自分の受験番号がなかったら今までの努力全てが無になるだけではなく、あの日、葵さんと交わした約束を守ることができなくなってしまう。

早く結果を確認したいと思う半面、恐怖を覚えて一歩が踏み出せない。

だからと言って確認せずに回れ右をするわけにもいかない。

気持ちを落ち着けようと深呼吸をしてから顔を上げる。

「……よし」

唇を嚙みしめ、人混みをかき分けて前へ進む。

掲示板の前に着き、受験番号を確認してから顔を上げる。

「…………あった」

自分の番号を見つけた瞬間、思わず気の抜けた言葉が漏れた。

二度見三度見し、間違いないと確信した瞬間に実感が込み上げる。

「――あった。あった！」

思わず拳を握りしめて声を上げる俺。

身体の奥底から湧き出る喜びを抑えることなく爆発させる。

柄にもないが、人目も憚らず声を上げずにはいられなかった。

「そうだ――」

ひとしきり喜んだ後に我に返る。

いつまでも一人で喜んでいる場合じゃない。

葵さんへ連絡をしようと人混みを抜けてスマホを取り出す。

「あっ――！」

すれ違う人にぶつかりスマホが手から転げ落ちる。

慌てて拾おうと手を伸ばした時だった。

「はい。どうぞ」

「あ、ありがとうございます――え？」

拾ってくれた人にお礼を伝えながら顔を上げた瞬間だった。

生まれて初めて目を疑うという言葉の意味を理解した。

「……葵さん？」

自分の愛しい人の顔を見間違えるはずがない。

目の前にいたのは間違いなく葵さんだった。

「スマホ、壊れてはいないみたい」

「あ、ありがとう……」

なんで――？

どうして葵さんがここに？

「結果、どうだった？」

「合格してたよ」

「おめでとう」

葵さんは柔らかな笑みを浮かべて祝福の言葉を掛けてくれた。

だけど、未だに頭の中は混乱したまま状況を理解できない。

「ありがとう……でも、なんで葵さんがここに？」

「私も今日が合格発表だから」

それはわかっているし、だからこそ疑問を覚えている。

すると葵さんは混乱する俺に一枚の紙を掲げて見せる。

それは俺が受験した大学と同じ、つまりこの大学の受験票だった。

「それって……」

受験票を見た瞬間、まさかの可能性が頭をよぎった。

これまで覚えていたわずかな違和感が頭の中で繋がっていく。

――葵さんが俺に受験する大学を教えてくれなかった理由。

――葵さんの父親が俺の受ける大学を知っていたわけ。

――受験日の朝、葵さんに似た人を見かけたこと。

「まさか……」

俺は葵さんの手を引き人混みをかき分けて掲示板の前に戻る。

張り出されている紙には葵さんの手にする受験票の番号があった。

「夢じゃないよな……？」

「この春から、また一緒に通えるね」

「葵さんが受験先を教えてくれなかったのって……」

「うん。晃君を驚かせようと思って。びっくりした？」

「びっくりしたどころの話じゃないさ……」

驚きと安堵で全身から力が抜けていく。

思わず膝から崩れ落ちそうになる俺を葵さんが支えてくれる。

気づけば葵さんにしがみ付きながら、瞳の端から涙が溢れていた。

「めちゃくちゃ嬉しい……葵さん、合格おめでとう！」

「ありがとう。晃君もおめでとう！」

喜びを抑えきれず、人目も憚らず抱き合う俺たち。

驚きすぎて心臓がとまるかと思ったが、こんなサプライズなら大歓迎。

こうして俺と葵さんは春から同じ大学に通うことになったのだった。

＊

それから俺たちは、とにかく慌ただしい日々を過ごしていた。

大学の入学の手続きやら高校の卒業式やら、春から葵さんと二人で暮らす新居探しに内覧・契約。引っ越し業者の手配が決まったかと思えば荷造りに追われる日々。

その合間に家族両家の顔合わせも済ませつつ、家電を新調しに量販店へ。

そんな大変な日々も過ぎ、迎えた引っ越し当日――。

「晃君、引っ越し屋さんが荷物下ろし終えたから確認して欲しいって」

「ああ、すぐに行くよ」

俺たちは新居で段ボールの山に囲まれていた。

引っ越し業者の方とトラックの荷台が空になっているのを確認し、作業完了のサインを済ませて見送ると、葵さんと二人で部屋に戻り荷物でいっぱいのリビングを眺める。

少し広めの１ＬＤＫ、ここが今日から俺と葵さんが一緒に暮らす場所。

昔一緒に暮らしていた戸建てに比べたら狭いが充分だろう。

「二年か……」

高校二年になる直前の春休み。

俺たちが別れてからの月日を振り返る。

「色々あったな」

「うん……色々あったね」

言葉では語り尽くせない思い出が頭を巡る。

「だけど、また今日から一緒だね」

「ああ。これからはずっと一緒だ」

「改めて、よろしくね。晃君」

「こちらこそ、よろしくな」

お互いに笑みを浮かべて見つめ合う。

だけど浮かれるには少し早い。

「これ……今日中に終わるかな？」

そう、目の前には二人分の荷物と段ボールの山。

「終わらなくてもいいよ。冷蔵庫とか洗濯機が届くのは明日だし、どうしたって今日中には片付かないから数日掛けてのんびりやろう」

今日のところは寝る場所だけ確保できていればいい。

ちなみにベッドは二人で寝られるようにダブルベッドにした。

「夜は瑛士(えいじ)と泉と四人で夕食だから、今日のところは夕方までにしよう」

「そうだね。二人を待たせても悪いしね」

ちなみに瑛士と泉は一昨日、一足早く引っ越しを済ませている。

二人は俺たちみたいに一緒に暮らすことはなく別々に部屋を借りた。

仲が良くもお互いの時間を大切にしている二人らしい。

「よし。じゃあ荷解き(にほど)を始めるか」

「うん。頑張ろう」

さっそく俺たちは荷解きに着手する。

あの日、新幹線のホームで交わした約束通り一緒に暮らし始め、幼い頃から幾度となく繰り返してきた出会いと別れの日々も、ようやく終わりを迎えたのだった。

Epilogue エピローグ

大学に進学し同棲を始めてから七年後――。

社会人になった俺たちは変わらず同棲を続けていた。

「じゃあ、先に出るよ」

「うん。お仕事頑張ってね」

「葵さんも頑張って。それと、今日は帰りが少し遅くなると思う」

「わかった。夕食は外で食べてくる？」

「いや、家でいただくよ」

「いってらっしゃい」

「いってきます」

俺と葵さんは大学を卒業後、かつて二人で暮らしていた街で就職した。

都内での就職も検討したが、東京で四年間生活してきた中で、やはり俺たちにはそれなりに栄えている田舎の地方都市の方が性に合っていると感じたため。

なにより俺も葵さんも、この街が好きだったから。

俺は営業職のサラリーマンとして日々取引先を駆け回り、葵さんは児童福祉施設の職員として働き、お互いに忙しいながらも充実した日々を過ごしている。

ちなみに俺たちが住んでいる家は、高校時代に一年間同居していた一軒家。

就職先が決まった後、住む家を探して二人で賃貸情報サイトを眺めていた時、当時住んでいた家が掲載されているのを見つけて迷うことなく借りて住み続けている。

街並みは少し変わったが、この家は当時となに一つ変わらない。

「あれから十年か……」

春になり、まもなく紫陽花（あじさい）が見頃を迎える五月の最終週。

毎年この時期になると、葵さんと出会った日のことを思い出す。

だけど、今年は懐かしさに浸るだけで終わらせるつもりはなかった。

＊

「日和（ひより）――」

その日の夜、仕事を終えた後のこと。

俺は駅の近くにある百貨店で日和と待ち合わせをしていた。

「悪いな。少し残業で遅くなった」

「大丈夫。私も今着いたところだから」

「今日は時間を取ってもらって悪かったな」

「この時間は空いていたから気にしなくて大丈夫」

そう言う日和は大人になっても相変わらず無表情。

でも子供の頃に比べれば少しだけ感情表現が豊かになった。

「自分でも色々調べたんだけど女性のアドバイスが欲しくてさ」

「大丈夫。大船に乗ったつもりで任せてくれていい」

ほのかに笑みを浮かべながら頼もしい言葉を言ってくれた。

「さぁ行こ」

「ああ。よろしく頼む」

俺たちは百貨店の中へ足を運ぶ。

「それにしても、少し意外だった」

目的の売り場に向かいながら日和が口にした。

「晃（あきら）がそういうところ、きちんとするなんて」

「意外か……まぁ言わんとしてることはわかるよ」

一応説明しておくと、日和は俺のことを悪く言っているわけではない。

一緒に暮らして長い俺と葵さんにとって、これから俺がしようとしていることは正直言って今さら感はある。籍を入れていないだけで結婚しているのと変わらない。

俺自身、慣れないことをしている自覚があるからなおさらだ。

「でも、今みたいな関係だからこそけじめをつけようと思ってさ」

「そうだね。私もそれが正解だと思う」

「とはいえ、俺はこの手のことに疎いから日和が付き合ってくれて助かるよ」

「晃は葵さんに贈り物をする時、いつも誰かに相談してたから頼まれると思ってた」

確かに、思い出を振り返ってみれば日和の言う通り。

高校一年のクリスマスは泉に相談して、高校二年の葵さんの誕生日には夏宮さんに相談して、その後も贈り物をする度に誰かに相談してばかりだった。

年齢を重ねて大人になっても学生の頃となにも変わらない。

いや……大人なんて長く生きている分、少し生き方が上手になっただけで、根っこの部分は高校生くらいの時からなにも変わってはいないのかもしれないな。

少なくとも今の自分と学生時代の自分となにが違うと聞かれたら返答に困る。

たぶんこの感覚は、この先いくつになっても変わらないんだろう。

「着いたね」

俺たちがやってきたのは上階にある宝飾品売り場。

売り場に着くと、さっそく二人でショーケースを見て回る。

店員さんにお願いして数あるブランドの中から気になった物を手に取らせてもらい、あれこれ相談しながら検討をする俺たち。

どれも素敵だと思いつつ、なかなか決めかねていた時だった。

「これ……」

ショーケースの中、目に留まった一つの指輪。

プラチナ製のリングの中央にひときわ輝く大きなダイヤと、その両サイドにも複数のダイヤを添えていて、華やかながら決して派手すぎず上品さも備えたデザイン。

ダイヤの数が増えすぎても煌びやかになりすぎてしまうし、出会った頃から変わらず清楚なイメージの葵さんにはこのくらいのバランスの方が似合うと思う。

「いいのあった？」

「これなんかどうかな？」

「……うん。いいんじゃないかな」

店員さんにお願いしてショーケースから取り出してもらう。

トレイに載せて差し出された指輪を手に取って眺めてみた。

「こうして手に取ってみるとやっぱりいいな」

「今日見た中では葵さんに一番似合うと思う」

日和もそう思うなら間違いない。

「でも……お値段もすごくいいね」

「そこは一生に一度だから頑張るよ」

昔は給料の三ヶ月分なんて言われていたしな。

「……晃って意外と高給取りだったりする？」

「葵さんに心配かけないように貯金してただけだよ。お互いなにがあるかわからない、万が一の時にお金の心配をさせないくらいには貯金しておきたいと思ってさ」

そのお金で高価な指輪を買ったら貯金が減るだろうと思われるかもしれない。

だけど、そもそも婚約指輪の起源を辿れば『夫になにかあった時にお金に換えて家族を守るため』という意味合いもあったらしく高すぎて悪いってことはないだろう。

昔の男性の責任の取り方の一つ、正直格好いいよな。

俺も真似して格好をつけておきたい。

「晃って意外といい男なのかもね」

「意外ってどういう意味だよ」

しかも『かもね』って疑問形だし。

そんな冗談はさておき。

「じゃあ、これにする？」

「ああ。すみません――」

店員さんにお願いし、お会計を済ませて宝飾品売り場を後にする。

日和のおかげで思っていたよりも早く予定を終えられた。

「素敵な指輪が見つかってよかったね」

「今日は付き合ってくれてありがとうな」

「それで、いつどこでするかは決めてあるの？」

「ああ……日にちも場所も、前から決めてあるよ」

そう――いつかこんな日が来るのなら、俺たちにとって思い出の深い日に、忘れられない場所でしようと決めていた。

「上手くいくように祈ってる。じゃあね」

「もう帰るのか？　よかったらお茶くらい奢るぞ」

「今日は九石夫婦の家にお呼ばれしてるの。一緒に夕食食べようって」

九石夫婦――つまり瑛士と泉のこと。

あの二人は去年結婚し、この街で一緒に暮らしている。

「そっか。また誘うから、俺と葵さんと三人で食事しよう」

「うん。楽しみにしてる。葵さんによろしく」

小さく笑みを浮かべて去っていく日和の背中を見送る。

その背中に向けて感謝の言葉を呟きながら俺も家路を急いだ。

＊

「ただいま」

「おかえりなさい」

家に着くとエプロン姿の葵さんが出迎えてくれた。

「料理中だった？」

「ちょうど夕食の準備が終わったところ。一緒に食べよ」

「ああ。ありがとう」

俺は自室に荷物を置いてリビングへ向かう。

すると美味（おい）しそうな夕食がテーブルの上に並んでいた。

「「いただきます」」

向かい合ってテーブルに着き一緒に手を合わせる。

おかずをいくつか口に運ぶと、自然と笑みが零れてきた。

「晃君、どうかした？」

「高校時代……この家で同居していた頃のことを思い出したんだ」

「同居していた頃のこと？」

葵さんは箸をとめて不思議そうに首を傾げる。

「あの頃は俺が毎日二人分の食事を作っていたのに、今はこうして葵さんに作ってもらうことの方が多くなったと思うと、俺たちの関係も色々変わったんだなって」

「あれから十年も経ったから、変わったことはたくさんあるよね」

葵さんは思い出を懐かしむように言葉にする。

「でも、それと同じくらい変わらないものもあると思う」

確かに葵さんの言う通り。

変わらない想いがあるからこそ俺は決意した。

「葵さん、来週の火曜日の夜って空いてる？」

「火曜日の夜？」

葵さんは確認するように言葉を繰り返したが、すぐに察したんだろう。

柔らかな笑みを浮かべてゆっくりと頷いて見せた。

「うん。もちろん空けてあるよ」

「久しぶりに外食でもどうかな？」

「いいね。そうしよっか」

「お店は俺が予約しておくよ」

「ありがとう。楽しみにしてるね」

今さらなんの日かなんて口にするまでもない。

その日は俺たちにとって大切な日だった。

*

そして迎えた火曜日の夜――。

仕事後、俺と葵さんはとあるレストランに足を運んでいた。

スタッフの方に予約の旨を伝えると、すぐに案内されて席に着く。

普段は足を運ばないようなお店だからか、葵さんは少し緊張した様子で店内の様子を伺っていた。

「すごくいいお店だね……」

「少し驚かせちゃったかもな」

「連れてきてくれて嬉しいけど、お値段が心配……」

葵さんが心配するのも無理はない。

なにしろここはドレスコードがある、いわゆる高級なお店。

こんなにお洒落なお店は俺も葵さんも今まで利用したことがない。

「今日は俺たちにとって大切な日だからさ」

大切な日であると同時に、特別な日にもしたいと思っている。

このレストランを予約したのは俺なりにそんな想いの表れだった。

「今日は葵さんと出会った日——高校一年生の時、雨の日に公園で葵さんを見かけて一緒に暮らし始めてからちょうど十年。覚えてた？」

「もちろん。忘れるはずない」

「色々あったけど、十年も一緒にいてくれてありがとう」

「私こそ、ずっと一緒にいてくれてありがとう」

運ばれてきた食前酒のシャンパンを手にしてグラスを合わせる。


その後、俺たちは記念日の夜を楽しく過ごした。

十周年の夜を記念するにふさわしい料理と共に思い出話に花を咲かせる。

高校一年の一学期は葵さんの赤点を回避するために勉強合宿をしたこと。テストの打ち上げで日帰りの貸し切り温泉施設に行き、帰りに泉お気に入りの神社に行ったこと。

夏休みには瑛士の別荘を拠点にして、葵さんの祖母の家を探したこと。

みんなで学園祭の準備をしている最中、母親と再会。九年ぶりに父親と再会し、母親と決別すると共に父親と家族関係を修復させ、今も良好な関係を続けている。

冬には俺の卒業旅行で温泉に行き、高校二年の夏休みから付き合い始め、秋には修学旅行先で一緒に過ごし、葵さんの誕生日にお泊まり旅行を計画して――。

とてもじゃないが語り尽くせない思い出を時間の限り振り返る。

気づけば食事を終えて閉店時間になりお店を後にした。

だけど俺にとっての本番は、この後だった。


帰路に就いている途中。

「葵さん、少し寄り道してもいいかな？」

家の近くまで来た時、俺はそう切り出した。

「もちろん。どこに寄るの？」

「すぐそこだから」

言葉の通り数分もせずに目的地に到着。

「ここって……」

「ああ……俺たちにとって思い出の場所」

そこは俺たちが出会った公園だった。

「ここに来るのも久しぶりだね」

「すぐ近くに住んでるのにな」

あの日のように美しい紫陽花が咲き誇る中、並んでベンチに腰を下ろす。

古ぼけたベンチも、微妙に薄暗い街灯の明かりも、ベンチに座って見渡す景色も、辺りを包む満開の紫陽花も、なにもかもが十年前と変わらない。

あの時と違うとすれば、雨が降っていないことと俺の想いくらい。

ここに足を運んで雨が降っていたのはあの夜だけだった。

「十年も経つのに、ここは変わらないな」

「今日でちょうど十年だから来たかったの？」

「それもあるけど、葵さんに大切な話があってさ」

「うん……」

俺はポケットの中にそっと手を忍ばせる。

「俺はこれからも葵さんと一緒にいたいと思ってる」

人生の一大イベントなのに不思議と緊張はしていなかった。

「歳（とし）をとっても、お互いにおじいちゃんとおばあちゃんになっても……縁起でもないけど、いつかどちらかが人生を終える時まで一緒にいたいと本気で思ってるんだ」

「うん……私もそう思ってるよ」

「でも、思うだけじゃダメだってことに気づいたんだ」

「晃君……」

「そう願うなら、俺は葵さんに伝えなくちゃいけない言葉がある。ここから始まった俺たちの関係……新しい関係を始めるのなら、やっぱりここからだと思った――」

ポケットから指輪の入った箱を取り出す。

箱を空け、隣に座る葵さんの前に差し出した。

「葵、愛してる――俺と結婚してください」

「……はい！」

葵さんの左手を取り、その薬指に婚約指輪をそっとはめる。

俺のプロポーズを葵さんは満面の笑みで受けてくれたのだった。

＊

婚約から一年後の同日――。

俺たちは結婚式当日を迎えていた。

俺は支度（したく）を終えタキシード姿で葵さんのいる控室へ向かう。

「葵さん、準備はどう――？」

ドアを開けて中へ入ると、ウエディングドレスに身を包む葵さんの姿があった。

大きな窓から差し込む太陽の光が純白のドレスを照らし、葵さんが振り返る所作と相まって

キラキラと輝くように光を散らす光景が美しくて息を呑（の）む。

その姿に見惚れずにはいられなかった。

「どうかな……？」

「ああ、すごく似合ってる」

「ありがとう。晃君も似合ってるよ」

お互い試着の際に見ているのに当日だと違った感動を覚える。

いや……感動するには少しだけ早いのかもな。

「いよいよだな」

「ちょっと緊張するね」

「俺も……」

お互いに差し伸べ合って手を握る。

その手の温もりで少しだけ落ち着いた気がした。

「じゃあ、行こうか」

「うん」

俺は葵さんと手を繋いだまま控室を後にする。

「晃君」

「ん……？」

「これからも末永くよろしくお願いします」

「こちらこそ、これからもよろしくな」

とある雨の日、公園でクラスのぼっちギャルを拾ってから十年。

こうして俺たちは本当の家族になったのだった。

あとがき

みなさん、こんにちは。柚本悠斗(ゆずもとはると)です。

六巻の巻末でお伝えした通り、小説版ぼっちギャルは七巻をもって完結となりました。

二年七ヶ月に渡り続けてきた二人の恋物語を最後まで書くことができたのは、ひとえに読者の皆様のおかげです。改めて、感謝の言葉を伝えさせていただきたいと思います。

長い間お付き合いいただき、本当にありがとうございました。

前途の通り小説版は完結しますが、コミカライズ版はまだまだ続きます。コミックスは現在三巻まで好評発売中なので、今後もコミカライズ版を楽しんでもらえると嬉しいです。

引き続き『ぼっちギャルシリーズ』の応援をよろしくお願いします。


そして、ぼっちギャル七巻が発売される同日。

同じくGA文庫から、私の新作小説『ひとつ屋根の下、亡兄(あに)の婚約者と恋をした。』が発売します。ぼっちギャルを購入される際に見かけた方もいるかもしれませんね。

兄を亡くした少年が、兄の婚約者だった女性と恋をする背徳の恋物語。

ぼっちギャルが好きだった方には間違いなく楽しんでいただける内容になっていると思いますので、新シリーズ『亡兄の婚約者』の応援もしていただけると嬉しいです。


最後に、関係各位への謝辞です。

完結までイラストをご担当いただいたｍａｇａｋｏ様。

最後まで素敵なイラストを描いていただき、ありがとうございました。

ｍａｇａｋｏ様のお力添えがあったからこそ、この作品を続けられたのだと心から感じています。晃と葵の日常を常に美しく彩っていただき、本当にありがとうございました。

またご一緒する機会があれば、その際はよろしくお願いいたします。


その他、漫画エンジェルネコオカにて漫画動画をご担当いただいたあさぎ屋様。

小説化にご協力をいただいた漫画エンジェルネコオカの関係者の皆様。

いつもお世話になっている担当氏、編集部の皆様。先輩作家の皆様。

手に取ってくださった読者の皆様、ありがとうございます。

次は『亡兄の婚約者』の巻末でお会いできれば幸いです。

クラスのぼっちギャルをお持ち帰りして清楚系美人にしてやった話

うん、そう
今日は
中秋の名月だから
アキラ君
見てるかなって
巻末オマケ漫画
月と帰る家

うん、今見てる
凄くきれいだね
でしょ

お月見なら離れてても
一緒にできると思って
電話しちゃった
お月見か…

もしかして
アオイさん
今 お団子食べてる？
！

な、なんで
わかったの？
いや、
お月見といって逆に
お団子食べてない
アオイさんが
想像できない
も～

あ、一旦切って
部屋から
かけ直していい？
もう家
ついたから
アキラ君
外にいたんだ？
うん、本屋
行った帰り
そっか

おかえりなさい
！
…アキラ君？
どうかした？
…いや

——一瞬
アオイさんが
待ってる家に
帰ってきたような
気がした

…そっか
うん

『おかえりなさい』
『今日のご飯は肉じゃがだよ』
ふふ
うわー めっちゃ食いてー

ピロン

ただいまー

おかえりなさい
ただいま
< アキラ君
そういや今日って
中秋の名月だよな
早く帰れそうだから
お月見する？
したい！
お団子買って帰る
はい お土産
やった〜

ぼっちギャル7巻発売おめでとうございます。

そして感動の最終巻…！
素敵な作品に最後まで関わらせて頂き感無量です。
最後まで温かくて、毎巻読了後は必ず優しい気持ちになれる、
そんなお話でした。

幸せな時間を本当にありがとうございました。

キャラクター原案
あさぎ屋

ファンレター、作品の
ご感想をお待ちしています

〈あて先〉

〒105-0001
東京都港区虎ノ門2-2-1
ＳＢクリエイティブ（株）
ＧＡ文庫編集部 気付
「柚本悠斗先生」係
「magako先生」係
「あさぎ屋先生」係

本書に関するご意見・ご感想は
右の QR コードよりお寄せください。

※アクセスの際や登録時に発生する通信費等はご負担ください。

https://ga.sbcr.jp/

クラスのぼっちギャルをお持ち帰りして清楚系美人にしてやった話 7

発　行　　2024年4月30日　初版第一刷発行

著　者　　柚本悠斗
発行者　　出井貴完

発行所　　ＳＢクリエイティブ株式会社
〒105-0001
東京都港区虎ノ門2-2-1

装　丁　　AFTERGLOW

印刷・製本　中央精版印刷株式会社

ISBN978-4-8156-2466-8
Printed in Japan　　GA 文庫

高校生の七瀬稔は、唯一の肉親である兄を亡くし、兄の婚約者だった女性・美留街志穂と一つ屋根の下で暮らすことになった。

家族とも他人とも呼べない微妙な距離感の中、志穂の包み込むような優しさに触れ次第に悲しみが癒えていく稔。やがて稔の胸には絶対に抱いてはいけない「想い」が芽生えてしまうのだが、それは最愛の人を失った志穂もまた同じで……。

お互いに「代わり」ではなく、唯一無二の人になるために――これは、いつか二人の哀が愛に変わる物語。

兄の婚約者に恋した高校生と、婚約者の弟に愛した人の面影を重ねてしまう女性が、やがて幸せに至るまでの日々を綴った純愛物語。

ひとつ屋根の下、亡兄の婚約者と
恋をした。
author
柚本悠斗
illust. 木なこ
GA文庫

本物のカノジョにしたくなるまで、私で試していいよ。
著：有丈ほえる　画：緋月ひぐれ

恋愛リアリティ番組『僕らの季節』。この番組では、全国の美男美女の高校生が集められ、甘く爽やかな青春を送る。全ての10代が憧れるアオハルの楽園。──そう、表向きには。その実情は、芸能界へ進出するために青春を切り売りする偽りの学園。

蒼志もまた、脚本通りで予定調和の青春を送っていく……はずだった。

「決めたの。──ボクセツで、本物の恋人を選んでもらおうって」

初恋を叶えに来たというカレン。脚本上で恋人になるはずのエマ。そして秘密の関係を続ける明日香。カメラの前で淡い青春を送る傍ら、表には出せない不健全な関係が交錯し、欲望の底に堕ちていく。今、最も危険な青春が幕を開ける。

試読版は
こちら!